THE MIDDLE SCHOOL STUDENT'S GUIDE TO ACADEMIC SUCCESS

中学生成绩突破的12个高倍速学习法

[美] 布莱克·耐梅尔卡 Blake Nemelka　波·耐梅尔卡 Bo Nemelka 著

中国青年出版社
CHINA YOUTH PRESS
中青文传媒

图书在版编目（CIP）数据

中学生成绩突破的12个高倍速学习法 /（美）布莱克·耐梅尔卡，（美）波·耐梅尔卡著；林文静译. —北京：中国青年出版社，2018.2

书名原文: The Middle School Student's Guide to Academic Success: 12 Conversations for College and Career Readiness

ISBN 978-7-5153-4944-2

Ⅰ.①中… Ⅱ.①布… ②波… ③林… Ⅲ.①中学生－学习方法 Ⅳ.①G632.46

中国版本图书馆CIP数据核字（2017）第251087号

中学生成绩突破的12个高倍速学习法

作　　者：〔美〕布莱克·耐梅尔卡　波·耐梅尔卡
译　　者：林文静
责任编辑：肖　佳　麦丽斯
美术编辑：张燕楠
出　　版：中国青年出版社
发　　行：北京中青文文化传媒有限公司
电　　话：010-65511270/65516873
公司网址：www.cyb.com.cn
购书网址：zqwts.tmall.com　www.diyijie.com
印　　刷：三河市文通印刷包装有限公司
版　　次：2018年2月第1版
印　　次：2018年2月第1次印刷
开　　本：787×1092　1/16
字　　数：50千字
印　　张：10
京权图字：01-2017-1904
书　　号：ISBN 978-7-5153-4944-2
定　　价：29.00元

CONTENTS

前　言

10年后你一定会感谢现在拼命的自己

成绩。你可能一直听到这个词。

你如今在学校、生活中所做之事对你未来的“成绩”极其重要，这一点老师、父母和教练可能都跟你讲得很清楚。而且我确信，在这些动员谈话期间，你的脑海里闪现过不少这样的念头：“那又怎样？我的成绩现在不重要，成绩要到高中才算数。”或者“谁在乎那些傻乎乎的社团”？或者“我现在做的事情跟我未来的‘成功’有什么关系吗？我现在才上初中，我的天哪”。

相信我，我能理解。当今世界充满着越来越多的压力，感受压力的群体，也变得越来越年轻。“难道不能让我当一个孩子吗？”你可能这样想。

你说得没错！你还年轻，还有很多时间去弄明白今后的人生要做什么，但你的父母、老师以及教练经历过你这个年龄段，所以他们的观点也合理。

在此顺着我的思路思考一会儿。假设你想成为一名医生，在实现这个大目标之前，首先得获得许多其他的小目标，比如考入医学校、念大学，甚至在高中的生物课考取高分。

但这些巨大的成功都是建立在更小的成功之上，而你可能现在已经开始赢取这些小成功。比如养成好的学习习惯，从而能够在生物考试中考取高分，或者甚至是选择读这本书。

当你迈出第一步迈向小成功，就开始养成不断获得成功的习惯，而且一旦你养成了习惯，那些更遥远的目标似乎就不那么可怕了。事实上，它们非常令人兴奋，因为你完全准备好迎接它们了。

简而言之，开始养成这些习惯，思考你的大学生活与未来事业，真的是越早越好。你只需开始行动。但要记住，以终为始，从最终目标开始。

这本书将帮助你走向成功，而且让这个过程变得有趣。

因为本书的作者布莱克·耐梅尔卡和波·耐梅尔卡（猜得没错，他们是双胞胎兄弟）了解中学是什么样的。真的，他们非常了解。他们经历过的担忧和挑战与你们遇到的非常相似，但他们也明白不可能一次性就克服这些困难，而应该持之以恒地面对，这不仅令他们成为成功的中学生，而且他们获得了长远的成功。确实奏效了！布莱克获得范德堡大学（美国常春藤盟校之一，世界顶级名校）教育管理硕士学位，而波·耐梅尔卡获得耶鲁大学卫生保健管理硕士学位。而且因为他们很了解中学生，所以不会塞给你一堆枯燥的清单，让你完成各种事项。他们会让你参与进来、让你投入，并让你为该旅程中的每一步都感到兴奋。两位以现实生活中同龄的孩子为例，通过练习帮助你将他们所讲方法的每一个方面应用于你的目标、兴趣以及你对成功的定义。

这就是为何该书取名为《中学生成绩突破的12个高倍速学习法》。书中的十二个话题都会是一场对话，你会在书中聆听作者、父母和导师的话，能从中学习，并把这些经验用于生活。父母或班主任要记住，对话是双向的，这里提供的建议和指导只有当你积极参与才能奏效。这听起来像是任务吗？没错，但这是令人享受的任务。把这些对话当成你的起点，当成你前方那些激动人心之事的根基，现在你就可以开始展望这些振奋人心之事了！

那么让我们开始吧，开始谈话，激发积极性。这是你的未来，而且你可以让自己的未来成功——是的，甚至从中学就开始了。

肖恩·柯维

畅销书《杰出青少年的7个习惯》作者

—— 学海撷思 ——

你能想得到，就能做得到。

——华特 · 迪士尼 *Walt Disney*

美国企业家、漫画家、动画片绘制者、

配音演员以及电影制片人

1

第一部分

准备，从现在开始

写给学生：自我管理是迈向成功的第一步

如果此时阅读这本书的你是一名学生，你真是太棒了！你已经迈出通往成功的第一步，而且也许是最重要的一步。开始阅读这本书，单是这一点就表明你正在为自己的学业与人生寻找一条通往成功的道路。

我们想要帮助你。

很少有人喜欢他们的中学时代，那是一段艰难的时光。譬如，你不得不适应一个大得多的学校，朋友们的举止奇怪；此外，英语老师让你不知所措，数学老师又让你挂科。这些还仅仅是你身边发生的一些事，我们知道你自己身上正发生着变化，对此你可能也感到难以承受，这几年确实不好过。

我们非常理解，我们也经历过年少时光。

你不认识我们，但因为我们作为“成年人”写了这本书，你可能以为我们的年纪很大。我们并不是老古董，相信我们。我们记得中学时代，最重要的是，当时为了获得成功，我们以及我们的朋友迈开的步伐，我们都记得——这些就是该书的内容。

这本书是一本指南，专门为你而写的。但这不是一本你必须独自阅读的书，你需要别人协助你应用书中的部分内容，特别是书中有些部分包含我们邀请你完成的行动规划，这些内容需要别人鼓励你完成。

请邀请你信任的人，与你一起阅读这本书，一路帮助你，尤其是协助你完成那些行动规划。在这本书中我们一直将这些个体称为父母或班主任，他们都在你的身边：在家里、学校和辅导班。选择其中一位，一起开始旅程！

让我们从行动规划那里开始，我们知道行动事项听起来让人疑心是家庭作业，而且看起来是有点像家庭作业。

不过却是很棒的作业。

是改变人生的作业。

这里的关键词是努力，你得努力才能成功。而且我们想让你认真对待，我们想让你弄清楚你现在的位置并为将来制订目标与计划。

我们希望行动规划会给你带来挑战，但我们不想让你感到气馁。你可以做到的！

这本书的每一部分或“对话”的结尾都可以找到行动事项。在这本书里我们将有十二个方法，我们把每一个章节称为方法是因为我们想教你具体的操作方法，与父母或班主任老师学习。为了帮助你学以致用，我们在所有方法的后面都添加了学习指南。

我们将与你分享帮助我们和朋友们通往成功的点滴，之后你自己决定采取什么行动提升自我、让自己成长，这件事并非单方面完成。

如果我们只是谈论、分享，然后你放下书、走开，最终结局是失败的，我们想让你全身心地投入其中。

在学生、父母、老师和学术界专业人士的帮助下，我们非常仔细地挑选了该书的话题，我们相信这十二个方法现在、明天乃至未来都将对你有帮助。

当你学会十二个方法，你将注意到它们是由四部分组合而成：

- **听**：聆听对话的内容并思考该话题的重要性。
- **学**：学习我们与你分享的例子。
- **思**：反思你对那些引人深思的问题的作答。
- **做**：完成书中提供的行动事项。

中学并不是你得为之忍耐或承受煎熬的阶段，它可以是你人生中最重要的时光之一。通过这个向导，你可以开始为成功铺下真实的基础。

只有你才能定义自己的成功人生，这一点没错，但我们已经选择从学业迈向成功，因此，学业成功为人生的成功之路解锁。当然，其实还有更多方法，成功也有很多种定义。但在这本书中，主要写这一种成功的方法，是因为它几乎不会失误，可以保证结果。如果你在学校表现很棒，当你完成学业时，你将会有更多的选择，而且更多的选择会开拓更多的机会。

如今我们知道你想在学校获得成功，我们知道你正在努力尝试着。我们是怎么知道的？因为如我们先前所说，如果你不在乎的话，就不会读这本书了，所以我们知道你是在乎的。但你有没有觉得自己总是不能跑在前列？你有些时候会觉得自己水平一般吗？

产生这样的感觉是因为学业成功被等同于考取年级前几名或高分，而大多数学生只是考取了一些A（成绩水平在91~100分），平均水平却在C（成绩水平在71~80分）。以下的一条曲线体现了中学成绩的总体分布情况。

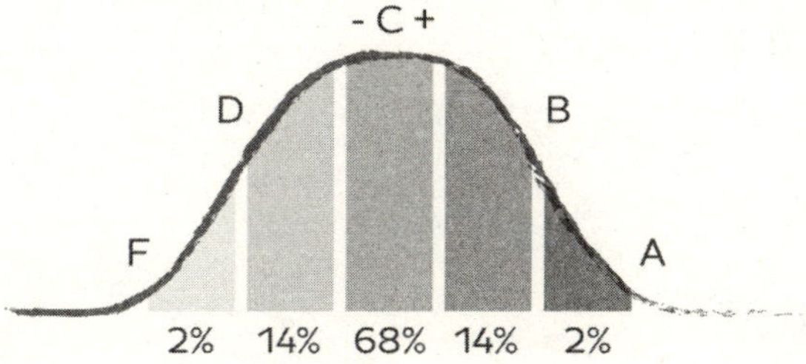

分数	等级	点数	表现
91~100	A	4.0	极佳
81~90	B	3.0	佳
71~80	C	2.0	平均
61~70	D	1.0	差
51~60	E	0	不及格

成绩分布曲线图

这条曲线左边低、中间高、右边低，展示了16%的学生平均分是F或D，68%的学生处于中间，考取了C水平，另外16%的学生平均分处于A和B水平。

因此，假如你觉得自己总是处于中间的分数段，十分迷茫，不要担心！事实上还有很多人与你作伴。但我们想帮你跳出居中水平，从优秀迈向卓越。

我们知道成绩不能真正衡量学业的整体成功，因此，我们设计了一张清单，上面列出需要思考的所有事项。以下是我们将与你以及你的父母或班主任老师一起聊的十二个话题，它们将帮你获得成功。

十二个方法

1. 目标

2. 计划和准备

3. 时间管理

4. 成绩

5. 课外活动和联合课程活动

6. 服务

7. 大学入学考试/高考

8. 实习和工作经验

9. 金钱管理和奖学金

10. 申请大学的过程/报考志愿

11. 面试

12. 分享你的成功经验

你准备好了吗？那么翻开下一页吧！

—— 学海撷思 ——

你跟某些人谈话的时候，往往是累得一句话都不想再说，因为他们从未听懂，从不改变。但你可能总会碰见那样一个人，渴望倾听，渴望学习，乐意尝试新事物。我们需要认识这样的人。作为父母、长辈、教师和邻居，有责任意识到这一点。

——泰勒·佩里 Tyler Perry

美国演员、电影制片人、戏剧家、作者以及音乐人

写给家长和老师：别和青春期的孩子较劲

如果阅读这本书的你是学生的父母或班主任，谢谢你！显然，你投入精力并寻找有益的方式帮助一名学生迈向学业与人生的成功。我们相信这本书将引导你，帮你准备得当，进而给予学生帮助。

此时此刻，我们需要坦诚以待。大部分中学生不会独自阅读这本书，因此，我们邀请你阅读以下章节，理解书中内容，并让学生在阅读每个主题之后能够完成行动规划。

如果你强迫一名学生读这本书，这没有用，你懂的。对此，我们的解决方案是帮助你让学生参与进来，协助你用某种方式展示这本书，从而激发他或她获取学业上的成功。我们不能代替你做这件事，因为你最了解你的学生，但我们相信你知道如何以最佳的方式让这本书的材料付诸实践。为了让你帮助学生，在每个谈话后面我们都配备了学习清单。

当你这么做的时候，记住威廉·阿瑟·沃德说的这些话：

普通的老师讲述。

好的老师解释。

优秀的老师演示。

伟大的老师启发。

为了获得最佳的谈话效果，不要照本宣科。如果你能够涵盖并演示这些原则，进而启发你的学生做得更好，因为他或她看到这在你身上奏效了，那么你已经帮助学生为更好的人生做准备了。

“养育一个孩子需要所有人的努力。”不幸的是，虽然这个观念是正确的，但是人们却过分在意了。对个人而言，许多人都支持过我们，并在我们的学业追求上继续支持我们，这些人构成了“所有人”这个范畴。

在参加童子军项目时，如果要赢得一个奖章，我们就需要掌握一些技能，奖章是童子军习得并实践某一项具体技能的象征。父母或班主任可以学习这个模式：让学生与那些在选定领域中更加胜任的人建立关系。当你们一起帮助学生时，就会惊讶地发现你的家庭、社区甚至网上有这样的人才，你会为此感动不已。

获得成功是一个过程。为了让你更好地理解这个过程，我们构建了一个学生责任模型——描绘一名学生的潜能之径，即他或她负责应用在这本书中找到的因素或原则时形成的路径。

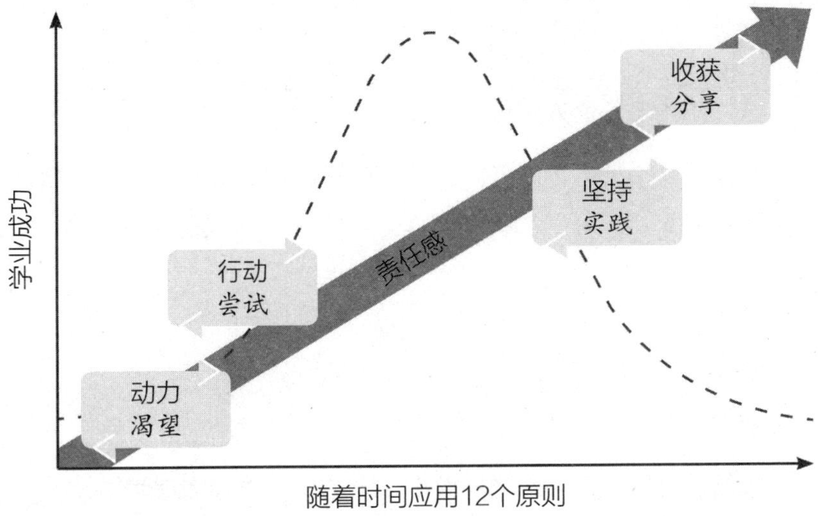

学生责任模型

允许我们进一步解释这个模型，但不要忘了你们的学生能够获得成功！如果他或她相信自己能够成功，那么你们也得相信这一点。

学生责任模型构建在四个指导原则之上：

动　力

你信任的某一个人对你有所启发，你想通过这样的启发获得学业成功。

想象一下有人给你一个他或她种的可口苹果，启发你种下苹果子，种植你自己的可口苹果。

行动

学习并将十二个方法付诸实践。

你种下苹果种子，为它们浇水，让它们沐浴阳光，给它们养分。通过这些行动，你看到一棵植物生长，短期的证据表明你所做的是有用的。

坚持

随着时间的变迁，你坚持做十二个方法要求你完成之事。

你勤劳而又耐心地照料这棵植物，经过很长一段时间，它长成一棵树，而且你相信自己持之以恒的行动将产生结果——可口的苹果。

收获

你实现了自己最初的渴望，分享你的经历来帮助别人实现他们的潜能。

你的树结出可口的苹果，你可以摘、吃，与那些你觉得会为此受益并种出自己可口苹果的人分享。

我们在每个原则周围都画了箭头，代表着这是一个持续的过程：

- 找到动力

- 开始行动
- 努力坚持
- 随着时间的积累获得成效

当你遵循这四个指导原则，督促你的学生学习并应用书中的十二个方法时，你们将合作共赢，并且我们真诚地希望你们也将帮助别人这么做。

谢谢你对我的帮助。学生可能不总是表达出来，但他们确实需要自己的父母或班主任老师的支持。学生需要亲力亲为并承诺帮助他们的父母或班主任，我们希望你将承担这个责任。

从这里开始，我们将直接对学生谈话，因为这本书是为他们写的，那么从现在开始踏上成绩提升之路吧！

—— 学海撷思 ——

一个年轻人，甚至是一个有天赋的年轻人，他可能立志成为这样的人——不管是律师、科学家、艺术家，或是任何领域的佼佼者，倘若成长过程中，身边没有榜样激励他，那么他的目标依然抽象。书中或新闻里会出现这样的榜样，但不管这些榜样多么激励人或令人崇敬，都最终太遥不可及而失去真实性，更不用说有影响力了。然而，一个真实的、活生生的榜样不仅仅能激励他；这样一个人的存在，就已经说明这些事情有可能办到，没有一个理由再去怀疑这件事的真实性，亲眼见证这件事，他会说：“没错，我这样的人也能够做到。”

——索尼娅·索托马约尔　*Sonia Sotomayor*

美国最高法院法官，西语裔第一位法官，第三位女法官

2

第二部分

要事第一，精力放在重要的事情上

方法1　定好目标，让你在10年后无可替代

听

关于你未来的人生，我们并不期望你今天就做任何决定，那不是本次谈话的目的。事实上，人的一生目标变化频繁，因此有那样的期待是不现实的。

我们想要进行的谈话是关于准备近期的目标：

- 六个月
- 一年
- 三年
- 五年

你甚至能够为一天或者一周制定目标。许多人制定过目标，但

只是称之为“待办事项”清单而不是“目标”。

因此思考一下：

- 你现在在哪里？
- 你想去哪里？
- 做什么才能实现这个目标？

很明显，目标就是你自己的GPS导航系统。个人认为，我们离开家去某个新的地方，如果我们的车里或手机上没有那个奇妙的设备指出方向，我们就会变得不知所措。

目标有着同样的功能，目标让你行驶在正确的道路上。一旦你知道自己想去哪里，目标让你继续在正确的方向上行进。

那么你如何知道自己想去哪里？如果你能够偷偷看自己的未来一眼，你会因为什么而激动不已？除了买彩票中大奖以外，还有什么呢？再想想。

什么让你开心？什么让你为未来的自己感到自豪？

或者只是思考现在的你。

- 你喜欢做什么？
- 你喜欢某一项运动吗？
- 你爱参加某一项游戏吗？
- 你是个舞者吗？
- 你是个作家吗？

- 你是个爱阅读的人吗?（当然此时此刻你是爱阅读的。）

如果你能够花更多时间做某件事，那会是什么?

你有一些想法吗?我们希望你有想法，因为我们打算谈论下一步。在我们向前再迈一步之前，有一个极其重要的概念你必须知道。不要担心，这不是什么新概念，你甚至可能先前听说过：你得写下自己的目标!

和我们密切合作的导师之一，史蒂芬·柯维博士说目标只有写下来，并且制订合理的计划达成这个目标，它才是真实的。

“停止设定目标，”他写道，“目标是纯粹的空想，除非你有一个具体的计划实现它们。”

柯维博士称这一点为“以终为始”。在他的书《高效人士的七个习惯》里，这是第二个习惯。如果你从头脑中的目的开始，花时间在头脑中制造一个影像，你想去哪里，甚至你想成为什么样的人，然后，根据计划，在这个影像的语境中检查你的选择与决定。这是计划的一部分来达到你的目标吗?这能够帮助你抵达想去的地方吗?

写下你的目标会带来力量，因为它们直接反映你的渴望。当你写下一个目标，你的头脑能够更好地将其交给记忆，因为它让你思考与行动。

甚至有科学依据支撑这个原理。即使你不喜欢科学，你也可能认为这一点很酷。

俄勒冈州大学的一位教授艾德·沃格尔正在研究：当我们制定一个目标时，我们的大脑如何反应。他使用很多高科技设备，大致绘制出大脑反应的图。

他将一个有效率的大脑比作一栋建筑，门口有一位大块头保安，能够控制谁进来，谁出去。

目标有着同样的功能，目标让你行驶在正确的道路上。一旦你知道自己想去哪里，目标让你继续在正确的方向上行进。

如果你有目标，你能够告诉自己的大脑让什么进来，什么必须立马出去。当你写下你的目标，你的大脑认出这个目标，而且知道它的重要性。

沃格尔教授发现一旦目标建立，大脑称为内侧苍白球的那一部分就会像那位大块头门卫那样行动。构建一个坚定的目标，你的大脑将与你一起运作，将那些可能会让你分心的东西留在外面。非常酷，对吧?

写下目标，尽可能涵盖细节。这不是一个打分的任务！假如你的目标是“上大学”，我们就能加速前进，写下一些诸如“等我十九岁的时候去一所排名前二十的大学念书”的目标，这当然更好，但不管怎样我们得从某个地方开始。

你将有若干学业目标，比如：

- 在高中考取好成绩。
- 在高考中考取好成绩。
- 考入一所好大学。

这些都是供你考虑的不错的学业目标，但确保也思考其他事情。

- 你想演奏某种乐器或者训练某项运动吗?
- 你想组建一个团队吗?
- 你想参加学校或社区的活动吗?
- 你想积攒一些钱买某样特别的东西吗?

如果你对以上任何问题的答案是肯定的，那么制定一个目标，思考如何达到这个目标，将你的目的地输入自己的GPS。

在这本书的卷首，我们谈及在这个过程中让一位家长或班主任也参与进来的重要性。记住，家长或导师是你觉得可以与之自由地谈论人生、计划，尤其是目标的人。

让家长或导师参与到这个过程中有许多益处：

- 首先，他们会发现你自己没意识到的潜能，而且他们能够在你认为超出自己能力范围之外帮助提升你的目标。
- 其次，他们将鼓励你完成你的目标。当你灰心的时候，有人在你身边确保你不放弃，这很不错！

- 最后，也是最重要的，他们有具体的技能和经验教导你走向成功。

你们大多数人都有父母和老师，但重要的是你的父母或老师了解具体的目标，而且知道你将为这些目标负责。给他们一份你的目标，经常聚一聚回顾这些目标。

告诉你的父母或班主任你为何选择他们来帮助你。知道能够帮助你，他们将感到荣幸，而且将孜孜不倦地让你对自己制定的目标负责。不管是谁，确保至少每周都能跟一位家长或班主任谈论进度，确保这位家长或导师客观公正地对待你的进步。

我们希望你也让你的朋友参与进来。你现在已经长大，能够理解友谊的力量与价值。直至今天，对我们的人生最有影响的人是我们在中学时代交的朋友。我们一起上学，一路上相互帮助，我们知道你也将这样做。

拥有好朋友将让你变得更好。好朋友将会在你的身边，因为他们和你一起踏上行程，所以仔细选择你的朋友和道路。

我们喜欢肖恩·柯维的一个引言，他在《杰出青少年的七个习惯》这本书中写道：

如果你决定随波逐流，波流到哪里你最后就到哪里，而且有时是径直走下坡路，落入一堆泥浆中，结果你要做其他人都做过的事，而这也许根本就不是你头脑中的目的。俗话说："通往任何地方的道路，实际上是哪里都抵达不了的人生。"你得决定什么方向对你而言是对的，这样的决定真的越早越好。

我们知道比起一大堆烂泥，你想要的更多，因此要乐于讲究，追求最好的人生和未来。而且如果这意味着逆流而行，也要这么做。

学

在中学我们和西奥成为朋友。西奥的整个童年都跟肥胖症作斗争，直至中学还是如此。他的体重还未达到不能动弹的地步，但我们确实看出他对自己的外表不开心。在年纪尚小之际，他的体重对身心都不利。

所有这些在某个夏日都改变了。我们没有确切地了解发生了什么，但西奥制定了一个目标减肥。他对自己的外表感到厌恶，对自己的内在也感到厌恶，但他并没有找来某个高强度节食计划或快速减肥程序，相反，他制定了一个目标：每天都跑步。

第一天他离开家后，开始跑到最近的公共汽车站。这么做几乎让他晕了过去，但这是他的目标，而且他做到了！跑到街道的另一头是他以前从未做过的，而且在户外、在邻居面前，这需要极大的自信。

在父母或老师的帮助下，西奥每天都跑到公共汽车站，直到他感到自己还能跑一段更长的距离。一年后，西奥甩掉了肥肉，成了学校里身体最好的学生之一。

事实上，西奥还参加了一个竞技游行乐队，成了我们高中的跑步运动员。如果你在我们读八年级时告诉我们西奥将成为我们学校的最佳运动员，我们不会相信你。西奥的决心值得称赞，而且他证实了一个年轻人达成的目标。

西奥的故事激励人心，无独有偶，许多学生都渴望变化，通过制定目标和勤奋达成目标。我们见过家人和朋友克服疾病、考取高分、构建商业帝国，以及通过一年年的社区服务和服兵役等帮助他人。

有了现代研究和科技给我们提供的资源，我们几乎很少听到“不可能”这个词。不管你的目标是什么，现在是时候在父母或班主任的帮助下发展它们了。

不要等到下周就要考试，才被迫思考未来。如果从现在开始准备，事情将井井有条。想象一下，倘若在申请大学之前的若干年里，你已经制定目标并采取必要步骤达到成功，那么到了你寻找一所好的大学时，什么样的机会会对你敞开大门。

思

请根据自己需要的时间思考以下问题，然后在你的父母或班主任的帮助下，将你的答案填在书中提供的空白处。

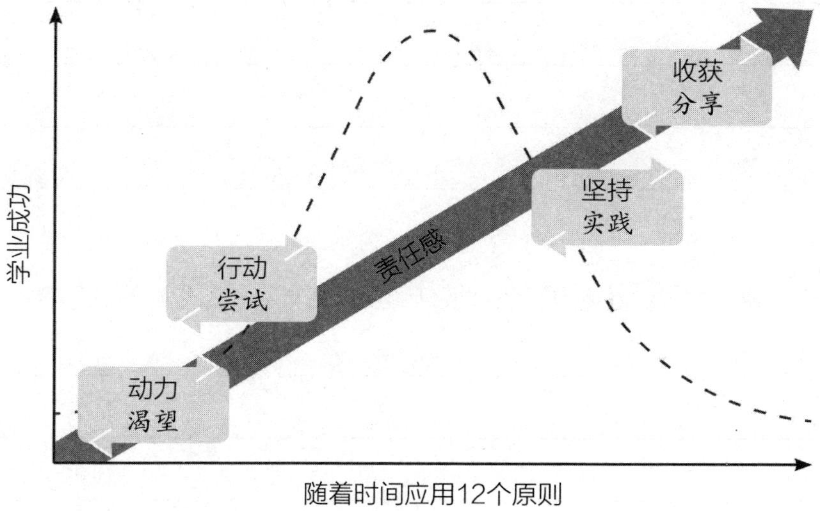

学生责任模型

在你的人生中，你想实现的最重要的事情是什么？

____

你想提高哪些方面？如果今天就开始的话，你准备怎么做？

六个月内你看到自己的进展到哪里？一年呢？三年呢？五年呢？

你需要多久一次见你的父母或班主任回顾自己的目标？

例子：这一页是供你参考的例子，然后在下一页填你自己的目标行动单。

人生目标前六项	父母或班主任
1. 学校：大学毕业	金泽女士——我的英语老师
2. 家庭：拥有一个幸福的家庭	我的父母
3. 工作：追求我爱的事业	斯文迪姑姑——企业家
4. 健康：拥有健康的生活方式	杰西——我的跑步伙伴
5. 服务：在日常生活中帮助别人	莫琳——宗教领袖
6. 乐趣：享受生活	萨姆——我最好的朋友

做

当你反思自己人生中最重要的事情，请写下你的前六项目标以及帮助你达成每个目标的人名，拥有人生目标将引导你度过将来的几年。请复印一份行动事项清单与你的父母或班主任分享。

人生目标前六项	父母或者导师
1.	
2.	
3.	
4.	
5.	
6.	

学海撷思

做好准备的另外一个方式是反面思考。没错，我是一个伟大的乐观主义者。但是当我试图做一个决定时，我经常设想最糟糕的情况。我管这叫“被狼吃之前先想好对策”，也就是未雨绸缪。倘若我做某件事，可能发生的最糟糕的事情是什么？我会被狼吃了吗？能够成为乐观主义者的原因之一是：当所有的一切都乱套时，你有一个应急方案。很多事我都不担心，因为如果事情乱了套，我有一个备用计划。

——兰迪·鲍什　*Randy Pausch*

美国计算机科学、人机互动与设计教授，

任教于宾夕法尼亚州匹兹堡的卡内基·梅隆大学

方法2　如何制订计划养成良好学习习惯

听

既然我们完成了设定目标的过程，你需要反思一段时间来计划实现目标所需的步骤，并做好准备应对执行计划时任何可能发生的事情。

让我们开始一起制订目标行动计划。

后面有一个方法专门讨论时间管理，我们将在那个谈话谈及更多关于日常的计划。现在，我们要谈论的是，如何通过计划与准备帮你实现目标。

计划与准备想要获得成功，就要按照六个月的周期制订计划，即按照6个月即思考你人生中六个月的成长。

知道你今天、明天、下周和下个月想做什么很重要，但真正的计划和准备是每一次给几个月的时间制定可实现的标准。

对我们而言，有意义的标准指新的一年伊始以及一个新学年的伊始。这些日期是自然的断点，而且可以很好地反思——下半年你的人生将发生什么，尤其是与你学业成功的相关事项。

- 接下来六个月你的计划是什么?
- 你有什么想法吗?

如果没有，那么如何想出一些点子来——我们想给你一个建议。

基本是这样：花时间思考。

对我们而言，早上是我们思考的最好时段。

希望你的早晨不是一阵疯狂的匆忙：从你的闹钟到学校铃声。因为如果你早一点起床，当你周围的事物仍然安静，你可以做一件事：冥想。学业成功的一个关键是留出时间思考。

冥想的过程因人而异，尽管我们偏爱早晨，但实际上可以选择不同时间段。有些人以安静地阅读与写作开启他们的一天，其他人的最佳思考时间是放学锻炼的时候或晚上洗澡的时候。

如何找到一段安静的思考时间帮助你规划自己的一天，不管什么方式都没有关系，重要的是你找到时间思考了，而且经常思考。

为什么呢?

你被来自日常活动、电视和其他设备的实际环境噪声、灾难性的媒体信息，甚至是同伴寻求分心和贬低的“喧闹声”包围着。如果你花时间安静地思考，你可以专注于什么才重要，专注于你的目标，可以计划如何实现你的目标。

你也不能一周只做一次这样的反思。在《高效人士的七个习惯》中，习惯七是不断更新，柯维博士解释在我们的日常生活中有必要冥想。为什么呢？因为昨天的饭菜不会满足你今天感觉到的饥饿，你得坚持反思、坚持冥想、坚持计划。

现在，人们有很多放松与思考的方式，我们也想分享一些我们认为对你有用的建议。

⇨ **建议一：早点起床**！以反思和冥想开始一天是实现目标的一种很好的方式，让你的身心都提高警惕。我们可以向你展示很多关于练习的文章，以及它如何给你带来成功，但老实说，你试着做就可以了，你将意识到它为何有效。今天就开始做，在一个合理的时间睡觉，将闹钟定在六点。醒来之后，接下来的一个小时做固定的日常事项，包括但不仅限于运动、洗澡、阅读与写作。完成之后，你也为一天做好了准备，上学去。说到这里，我们已经知道有些人会想：“好主意，但不可能实现！”我们邀请你尝试，我们承诺与一天中任何的时间段相比，你会更喜爱早晨，因为你会富有成效。

⇨ **建议二：做早晨常规事项时，养成思考一整天的习惯**。你需要准备什么？你会遇见谁？有没有忘记什么事，或者还有什么没想到的机会？

⇨ **建议三：确保你留够时间完成作业。**想一想你的日程安排，你需要留出多少时间完成作业？

⇨ **建议四：利用资源帮助你规划时间。**你可以买一本备忘记事本或用手机应用，可以在电脑上设定日程安排，选择任何对你有用的方式。这意味着你有很多时间尝试不同的事情，我们只是推荐你可以在什么地方写下重要的期限与个人待办事件清单。你在早上甚至一整天将想到很多需要记住的事，把它们写下来。比如，如果你知道晚些时候自己在历史课上会发言，而你做早晨日常事项时有了一个主意，即在发言期间播放某一段视频，把这个主意写下来。这将成为一个实在的提醒，就像有了目标之后，除非你将它们写下来，要不你将忘记那些“灵光一现”的时刻。对你而言，一个好用的待办清单能让你尽可能富有成效，相信我们，大多数最好的想法将在清晨闪现。

⇨ **建议五：我们想让你考虑的最后一个概念是计划和准备时有必要做更多的调研。**很多人决定他们将要做什么事情时并没有完全了解所有的细节或选项，比如，报考大学的时候，我们记得许多朋友只是报考距离家最近的大学或家人上过的大学，有些人甚至都不曾考虑高中毕业后念大学，因为没人鼓励他们这么做。这只是一个例子，但我们可以讨论许多情境，比如上学时选修哪些课程、去哪里工作、参加哪些活动。重点是：自己做调研！花一个小时看看备选学校，做一个赞成/反对清单。规划你的人生并为之准备太重要了，所以不能完全靠自发的反应。记住，你的父母或班主任可以而且应该协助你调研，向他们求助。

学

我们高中毕业典礼的毕业生代表（从八百多名毕业生中挑选出来）是布莱斯，他正好是我们最好的朋友之一。布莱斯上学时每个季度都能考取一个完美的4.0（几乎每门课都是满分）成绩，这意味着高中毕业之前，他带了24份完美的成绩单回家！

他是一个让人十分佩服的人，知道计划与准备是什么。布莱斯高中毕业时还获得了六十多个大学学分，因此，除了他的高中毕业证，布莱斯还收到准学士学位以及一份奖学金，他想上任何大学都行，而且不用付学费。

我们记得布莱斯每次来到班上作业都完成了，而且还提前预习了当天的课程内容。

布莱斯总是冷静克制，他不是那种“无所不知”的学生，比如频繁地举手回答问题，尽管需要的时候他会提问。布莱斯只是明白为当天计划与准备的意义，他有例行事项，而且会提前思考。

布莱斯读七年级时知道如果努力学习就会有回报，而且在较早的年纪他就开始准备简历。他在我们学校调研，寻找适合他的才能和期待的老师和班级。我们经常发现布莱斯阅读或思考，而且你可以从他的面容了解到他正在全神贯注。

他是个书呆子吗？是的，有一点，但这并不意味着他生活中没有爱好、朋友和乐趣。

只要你努力并且不要拖延，就会有足够的时间来做一切事情。为一个目标投入时间并规划以实现这个目标，在这一方面我们从布莱斯身上学到很多，布莱斯继续教会我们什么才是聪明与全面发展。有些人天生就聪明，没错，但你可以自学，学会灵巧地做正确的计划与准备。

思

请根据自己需要的时间思考以下问题，然后在你的父母或班主任的帮助下，将你的答案填在书中提供的空白处。

接下来的六个月你需要计划和准备什么？

____

____

____

____

____

什么能帮助你思考与冥想？

有什么资源可以帮助你更好地规划？你如何使用这些资源来追踪你的目标？

你的父母或班主任老师如何帮助你实现目标？

例：这一页是供你参考的例子，然后在下一页填你自己的规划与准备行动清单。

人生前六个目标	六个月的计划
1. 学校：大学毕业	• 每天完成我的家庭作业。 • 这个学期或季度考取一个4.0的成绩积点。 • 和我的父母或班主任老师参观一所大学。
2. 家庭：拥有一个幸福的家庭	• 每天花更多的时间和我的家人在一起。 • 帮助做家务活。 • 每周写日记。
3. 工作：追求一个我热爱的事业	• 拜访两位工作人士，了解他们的职业。 • 每周更新我的财政预算。 • 从头到尾阅读一本好书。
4. 健康：过健康的生活方式	• 一周锻炼三次。 • 不再吃太多糖。 • 找时间冥想或思考。 • 每个晚上睡7个多小时。
5. 帮助：在日常生活中为他人帮忙	• 在当地服务机构当志愿者，至少一个月一次。 • 在学校结交新朋友。 • 主动提出帮助朋友完成作业。
6. 乐趣：享受生活！	• 在我最爱的游戏打破我的最高分数。 • 参加学校社团。 • 每周做我最爱的运动、演奏乐器、参加活动。

做

思考自己在上一个谈话中列出的六项人生目标，为了在接下来的六个月完成你的目标，你要开始制订具体的计划并继续重复这个过程。

人生前六个目标	六个月的计划
1.	
2.	
3.	
4.	
5.	
6.	

—— 学海撷思 ——

下定决心绝不无所事事，从未浪费任何时间的人不会抱怨自己需要时间。如果我们一直都在认真做事，就能做成很多事情，这是多么美妙啊！

——托马斯·杰弗逊 Thomas Jefferson

美国建国之父，《独立宣言》的主要作者，美国的第三任总统

方法3　时间管理，强者强在订计划

听

我们真的认为时间管理是获得成功的最重要因素之一。

我们一天都有二十四个小时。事实上，每个活着的人每天都被给予等量的时间，如何使用时间完全取决于我们自己。

明智地使用时间是一项技能。如果你还没有形成这项技能的话，不要担心，这是一项你完全能够拓展的技能。

你可能听到人们抱怨“没有足够的时间”，我们甚至听到人们说他们希望生活在若干年前，那时要做的事情很简单，每个人都有更多的时间。

但事情是这样的，正如同我们先前提及的，我们都有等量的时间。现在之所以更复杂是因为如何填满这些时间，我们有太多选项。

因此别再告诉自己没有“任何时间”，因为这不是真的。你只是享有诸多选项，它们相互争夺时间。

有一个伟大的真理：如何使用自己的时间表明你真正重视的是什么。

让我们将时间分成几段。你每天都有二十四小时，首先，你需要很多小时睡觉，这至关重要，还有许多小时在学校念书。除此之外，还有时间可以充分地利用，而且如果你选择明智地分配时间，就将拥有一项终身技能确保自己继续获得成功。

如果你还没有掌握这项技能，我们想分享一些帮助过我们的方法。

⇨ **方法一：将行程写下来**。你可以用很多方式，但最常用的两种方式是手写的备忘录或手机/电脑上的电子日历系统。

在中学时，你的时间可能不完全属于自己。即使你不这样认为，你的生活很忙。我们知道你有早晨的日常事项（因为我们上一次的谈话鼓励你这么做），每天都得去学校上课，有作业，放学后有活动，得吃饭，有朋友，而且有爱好，就举这么几个例子。你得将所有这些事项都写在一个日历上，这样你就能有所规划。

比如，在每一个新学年的伊始，你拿到一份清单，上面列着期望、作业、小测或考试，这份清单被称为课程大纲。你将课程大纲带回家并将所有期限都写进你的日历，你这么做过吗？为什么不这么做呢？

使用身边那些完美的技术手段。
利用这些技术变成一个高效能学生，一直到高中毕业。

你得知道事情的期限，这样它们就不会不期而至。如果你的科学老师布置了最后一个项目，四个月内结项，把这个日期写进你的日历，而且如果你使用的是电子日历，设置一个每月提醒的提示。你甚至可以放学后定下日程，写上“开始做一个科学项目”。这样知道自己已经开始采取必须的步骤准备，在班上你就能够轻松自如。

而且，安排时间完成家庭作业也很重要，因为你可能某一周有三次考试，由于你没有将考试日期记下来，直到考试周来临你才想起。如果你提前在日历上规划，那么你就会料想到即将到来的一周是辛苦的，你得为此准备。

制定一个充实而又细致的日程需要很多时间，特别是如果你刚学规划日程。

不要担心。

一旦开始制订，你将发现计划是非常愉悦的，因为你将看到自己越来越富有成效。当日历填满，你将清楚地知道自己生活中的哪些区域需要提升。

使用你能够获得的奇妙科技与资源，引导这些资源，让自己现在以及整个高中阶段成为一个富有成效的学生。

⇨ **方法二：不要忘记享受乐趣**。可以有意安排时间享受乐趣，在你所有的责任和为了乐趣而做的事情之间找一个可行的平衡点，这将让你更开心。如果几个月内有一场音乐会或一场电影，你可以提前买票，然后将此写入日历，你将发现自己期待这些类型的事件。

⇨ **方法三：不要卷入浪费时间的活动**。当你更加熟悉自己的日程，就会发现自己确实需要比想象中还要多的时间。也许如今学生面临的最普遍问题是过度使用科技产品，比如游戏和社交媒体。有这么一个时刻，你需要关掉分心之事，专注于手头上的重要任务，没有什么比这些令人上瘾的分心之事更能导致学生失败。如果无法专注，让父母或班主任帮助你设定可接受的限制。

许多人会说不需要计划每一天的每一分钟，我们支持这个观点。

当然，我们都需要一些自由的时间；然而，拥有一个细致而且纪实的日历将让你得以预见自己需要放松的那些时刻。

我们甚至可以在日历上规划自由时间！当你变得越来越有规划，你将更能控制自己的时间。

所以将时间分成几段，看看你的一天，然后发现：

- 什么时候在学校？
- 什么时候需要学习？
- 什么时候需要做作业或完成任务？

• 什么时候可以玩耍?

你没有必要成为日程的囚徒，你是年轻的！日程是用来帮助你，而不是伤害你。

我们将分享一个例子。有一个朋友，最大的孩子是个很聪明的女孩。她的老师们都喜欢教她，她的教练们都爱指导她，她的朋友都爱跟她一起玩，几乎一眼就可以看见她的光环。你可以想象一下。

但她变得不知所措。她知道自己得练钢琴，完成家庭作业，干家务活，参加足球训练，写阅读记录，帮助老人过马路，而且为邻居烤曲奇。

这些事项对她来说太多了！对任何人而言都太多了。

她不能明白如何完成所有一切，并达到自己想达到的标准，因此她缩在起居室的一张椅子上，通过玩游戏寻找慰藉。

她的父母不知如何是好！出什么事了?

> 没有必要成为自己日程的囚徒，你是年轻的！日程是用来帮助你，而不是伤害你。

他们记得当她在一年级的时候，她的老师给她布置了一项任务，五个月之内读完一百本书。

一旦将时间分段，这是一个可以实现的目标。但他们的女儿听到100这个数，就不想做了。她没能做到！她放学回家就哭了，她会失败的！

她的父母将任务分开，向她展示二十五周内实现这个目标多么容易。一旦任务被分摊，她就能够看到自己完成任务的样子，她再也不会不知所措。

当她长大一些，他们需要为她做同样的事情——将任务分摊，向她展示目标是可以实现的。

而且他们这么做了。他们帮助她将她的一天分成几部分，他们帮助她写下她想做之事的时间，向她展示她还剩下多少自由的时间。

就这样，日程对她而言是有效的。为什么呢？因为它解决了焦虑。

做一个伟大的时间管理者，养成这个习惯并不容易。当你正在开会，有人宣布一项即将到来的活动，你需要训练自己拿出你的日程本，当时当场就记下该活动。

不要等，过后你就不记得了。

你也将发现其他人开始更加尊重你，因为你能记住他们的活动以及重要的日期，而且大家会认为你是这样的一个人——能够到场参加活动，或者没空参加时至少能够提前道歉。有些人不做计划或忘记某项重要事项，没有什么比这更烦人的了。

但不要拖延，不要设定未来的某个日期来做时间管理，请今天就开始这么做。

学

洁达是我们以前的同班同学和朋友，她懂得如何管理时间。大约有四个月的时间我们跟洁达上同样的课，所以我们能够第一时间见证并学习她规划的技能。

整个夏天，我们的课程尚未开始，但我们的老师布置了繁重的阅读和写作任务，让我们在上课的第一天带到教室来。同步的作业也不少，我们说的是十五本书和论文！在此之上，我们一学期平均一周要读四百多页的书、写十页多的论文。

这是一个非常重要的奖学金项目，真的是逼着我们管理时间。许多学生压力都很大，洁达却总是保持冷静、镇定，而且在班上领先。

有一天，我们坐在洁达旁边。她对任何迪斯尼的东西都有点着迷，许多学习用品都是迪斯尼主题。米老鼠计算器旁边，洁达放着她的记事本，一系列的便利贴，还有各种颜色的标签。这女孩肯定拥有一个对她有用的体系，真的，这就是关键。

当老师布置各种家庭项目时，洁达开始记录。每门课都有一个颜色代码，而且家庭作业都被标识出来，根据家庭作业的量指定了一个具体的时间。难怪洁达每堂课都有备而来，而且准备好了评论，能够总结所有课前的阅读。对她而言，学习变得令人享受，而且她在班上的名声很好，当同学们不知道答案时，他们会说："我不知道，问洁达吧！"

洁达另外一个重要的品质是可靠，她每堂课都上，参加每一次社会活动，记得特殊的场合。比如，她记得我们的生日，而我们只是在一次随意的谈话中提及过一次。当时她肯定马上记在她的日程本上，这非常酷。这些就是时间管理技能的类型，它们让你成为一个成功的学生以及享有好名声。

思

请根据自己需要的时间思考以下问题，然后在你的父母或班主任的帮助下，将你的答案填在书中提供的空白处。

你如何更好地利用自己的时间?

____

____

____

____

____

你现在使用的是那种类型的规划工具?有没有一些你没用上的时间管理设备或方式?

____

____

你常常忘记哪种职责或活动？更好的时间管理如何帮助你克服这一点？

跟你的父母或班主任讨论你得腾出时间做的人生最重要的事。

例：这一页是供你参考的例子，然后在下一页填你自己的时间管理行动单。

	周一	周二	周三	周四	周五	周六	周日
6:00-7:00	起床，锻炼，洗澡，做好准备	起床，锻炼，洗澡，做好准备	起床，锻炼，洗澡，做好准备	起床，锻炼，洗澡，做好准备	起床，锻炼，洗澡，做好准备		
7:00-8:00	上课，家庭作业需要完成：生物项目，数学作业1，练习几个小时的音乐	上课，家庭作业需要完成：英语论文的草稿，设计年鉴	上课，家庭作业需要完成：数学作业2	上课，家庭作业需要完成：英语论文绪论的最后一稿，音乐独奏比赛	上课		
8:00-9:00							
9:00-10:00						修剪草坪&整理房间	
10:00-11:00							服务
11:00-12:00						大学校园游	
12:00-1:00							
1:00-2:00							午休时间
2:00-3:00							
3:00-4:00	运动	戏剧社	运动	戏剧社	运动		
4:00-5:00		家庭作业		家庭作业			
5:00-6:00	家庭晚餐	家庭晚餐	家庭晚餐	家庭晚餐	家庭晚餐		家庭晚餐
6:00-7:00	家庭作业	钢琴	家庭作业	看电视	家庭作业		
7:00-8:00	家庭活动	看电视	和朋友一起出去玩	社区活动	志愿者	和朋友一起打篮球	
8:00-9:00							写日记
9:00-10:00	阅读、睡觉	阅读、睡觉	阅读、睡觉	阅读、睡觉			阅读、睡觉
10:00-11:00					阅读、睡觉	阅读、睡觉	

做

在这一部分你将花时间认真仔细规划一整周的日程。思考你必须完成以及你想完成的每一件事，你的一天都参考这个日历并根据你的计划做决定。我们鼓励你养成每周做计划的习惯。

	周一	周二	周三	周四	周五	周六	周日
6:00-7:00							
7:00-8:00							
8:00-9:00							
9:00-10:00							
10:00-11:00							
11:00-12:00							
12:00-1:00							
1:00-2:00							
2:00-3:00							
3:00-4:00							
4:00-5:00							
5:00-6:00							
6:00-7:00							
7:00-8:00							
8:00-9:00							
9:00-10:00							
10:00-11:00							

—— 学海撷思 ——

我们总是责怪你的父亲、姐妹、兄弟、学校、老师，但绝不责怪自己，认为不是你的错。但实际上是你的错，因为倘若你想改变，就得先改变自己。

——凯瑟琳 · 赫本　*Katherine Hepburn*

美国著名女演员，奥斯卡最佳女主角

方法4　提高成绩的高倍速学习法

听

几年前你的成绩可能是以数字的形式写在报告单上。你可能拿到一份报告单，上面的“成绩”是及格、良或者优。你不是很确定这些描述意味着什么，你甚至不知道怎么跟你的同学比较。

现在你理解了，你的成绩现在是以传统的分数来呈现，甚至更吓人，它们不久将开始被“正式计算”，这意味着这些成绩被用来计算你的综合成绩水平。高考成绩将会参照这些数字，并且会根据这些成绩计算你的排名。

这本书的独特之处在于这样的一个事实，我们让你提前做好准备，甚至在读高中之前思考大学的事。我们这么做的一个主要的原因是：你能够以自己的成绩走上正轨。如我们所说，高中伊始，一般从九年级开始，就要考虑三年之后的高考，为之做准备；尽管如此，在九年级之前考取好成绩很关键，因为你开始养成学习的习惯和日程安排。

我们常常看到成绩不好的低年级和高年级高中生，这时候别人想帮助这些同学，不幸的是，太晚了。你不能高中快念完了再回去改变成绩，而成绩在大学招生时又非常重要。

当然，成绩不是一切。

你不仅仅是一个数字。我们希望你的人生除了考取好成绩之外还有许多目标，但就上大学而言，你的成绩确实是对你未来学业成功的一个相对精准的预测。

你必须努力获取好成绩，而且确保自己能够找时间参加课外活动。

至于那些“自然而然”考取高分的学生——我们并不相信这一说法。我们发现往往是那些最努力学习的学生考取最好的分数，偶尔有些聪慧的学生令我们震撼，但连他们都知道努力学习的重要性。

幸运的是，一个高的成绩并不意味着要求你成为班里最聪明的学生，而只是让你最努力地学习。

记住，我们每个人在学习方面都会面临挑战，而且对于范围更广的情况，我们希望你的学校以及父母或班主任班主任能够给你建议，但是，成绩和考试分数是在大学录取时主要的参照指数。

学习肯定是上学最重要的一部分。高中毕业之后，你的成绩让你进入大学，而你的大学成绩将让你继续在大学念书，而且可能帮助你找到一份好工作，但总会有这么一天：别人要求你向某人展示你的学识。你可能历史这个科目考取90分以上，但你能否真正解释第二次世界大战的细节呢？

高中伊始，一般从九年级开始，就要考虑三年之后的高考，为之做准备；尽管如此，在九年级之前考取好成绩很关键，因为你开始养成学习的习惯和日程安排。

阿尔伯特·爱恩斯坦说："任何人都能够知道，重点是能理解。"

而且我们要补充的是：重点是能够学以致用。

我们意识到学习比拥有一个高的成绩重要得多，但要进入你所选择的大学，找到你梦想的工作，就必须非常重视考取好成绩，但这也不至于太艰难。

你可以做一些准备考取好成绩，而且今天就开始做。

⇨ **建议一：按时完成并上交作业**。所有的作业皆如此！如果你认为自己没能从某项作业中学到什么，这没有关系，你得有东西可以上交。如果你坚持在课堂上学习并试着完成每项作业，老师会帮助你。

⇨ **建议二：如果可能的话，确保对教师有所了解，知道谁适合你的学习风格。**关于老师的情况，问问在校生。你喜欢开展很多小组活动并展示图像资料的老师吗，或者你更喜欢以讲座的方式上课的老师，然后你能记下笔记？我们知道在初中和高中你的选择有限，有时某堂课只有一位老师，你别无选择，但偶尔你还是能够选择老师的，确保你做了调研。

⇨ **建议三：关于诱惑，我们在前面的章节讨论过，确保安排日程完成每天的家庭作业。**在方法三中，我们提及制作每周日历，如果你还没这么做，那么回头读这一谈话并开始做，确保给自己足够的时间。可能一开始是每天两小时，如果你提早完成，很好，但大多数时候你需要那么多时间来完成作业，并提前预习隔天的课业。事实上，有些作业我们需要两个多小时来完成，所以准备好每周都调整你的日历以适应每堂课的需求。

考取好成绩不仅仅意味着能为未来做好准备，而且也意味着你能够赢得身边人的信任。

你可以认为信任就像一个银行账户，在你这样的年龄你至少有一点点银行账户的经验。你试着存入更多的钱，而不是提取，对吧？

如果你是粗鲁的，不尊重人，或者撒谎，不能信守诺言，你就在提款。如果账户已经空了，你就会陷入麻烦，你得缴费。这自然不是指金钱上的费用，而是指失去特权或减少零花钱。

但随着你念高中，试着一整个学年考取全优或者年级排名前二十，看看他们的信任如何增长。考取好成绩将让你跟父母或班主任之间的关系更灵活，因为他们信任你，这一点很棒。

我们在这一部分想提及的最后一件事是诚实的重要性。作为一个诚实者的声誉，人生中没有什么事情值得牺牲这个美好品质，尤其是考取好成绩这一点。在考试中作弊非常错误，然而，我们知道这很诱人。我们是同卵双胞胎，有好几次我们受到诱惑想抄彼此的答案，或者交换衣服，代替对方参加考试！没有人能够免受作弊的诱惑，而且有时你又能够轻易地逃脱惩罚。

许多年前，范德堡大学的一位系主任，麦迪逊·萨拉特告诉他的学生：

今天我要给你们两个测试，一个考试是三角函数，另一个是诚信。我希望你们两场考试都能通过，但如果你们不能通过其中一个考试，我希望是关于三角函数的考试，因为这世上许多好人都不能通过三角函数的考试，但好人都能通过诚实测验。

不要害怕坚持正确的事。如果你看到有人作弊，你有责任以恰当的方式汇报，作弊会伤到每个人。

学

凯尔西初中和高中跟我们一直是同一年级，凯尔西很受大家欢迎。她是一个可爱的女孩，热爱她的家人、社区、学校以及画画。她多才多艺，有清晰的目标。凯尔西成绩也非常好，她跟老师都相处得很好，总是强调在做其他事之前先完成家庭作业。

我们记得给凯尔西打过多次电话商量一些事情，而她总会这样说："我六点半后才能完成家庭作业、吃完晚饭，所以我们七点开始商量好吗？"甚至比这更令人印象深刻的是你可以看出这并不是因为凯尔西的父母让她这么说。她只是理解她的父母会支持她跟朋友在一起的时间，因为他们看到她首先努力完成家庭作业并保证和家人的时间。

当凯尔西读完高中，她继续考取好成绩，这让她能够帮助他人，她树立了一个好的榜样。高中结束后，凯尔西知道自己将念大学，她申请了几个大学，所有大学都录取了她并给她奖学金。她的努力终于得到实质性的回报，而且她继续拥有成功的教育与人生。

凯尔西的故事是卓越典范，但你并不知道她为何能做到卓越。她从未获得所有的关注，她绝不想要这样的关注。凯尔西只是早在七年级的时候，就知道她需要某些成绩让她拥有更多的选择。尽管凯尔西的故事听起来简单，但这并不意味着她没有遇到障碍。事实上，保持一个好成绩需要度过许多很有压力的夜晚，试着算出一个复杂的数学问题或完成一篇论文、一个项目，这还没有掺杂家庭冲突和友谊闹剧等分心的因素。凯尔西也流过泪，她父母或班主任时常介入并给予帮助，但最后她的决心与诚实的职业道德让凯尔西成为如今的成功人士。

思

请根据自己需要的时间思考以下问题，然后在你的父母或班主任班主任的帮助下，将你的答案填在书中提供的空白处。

你可以保持高于90的成绩吗？你需要做什么实现这个目标？

你完成家庭作业的最佳时间和地点是什么？

你最感兴趣的课程是什么类型？

你多长时间跟父母或班主任见面并检查你的成绩和学习习惯？你所在的学校有没有线上资源简化这个过程？

做

你的成绩对学业成功而言至关重要，因此例行追踪你的分数很有必要。每三个月你都应该写下你当前的成绩分数以及期中期末考试的排名（所有积点的平均值），记住，不管好坏，整个高中阶段（九年级到十二年级）你的累加成绩积点都被记录下来，而且这是大学招生时将对你进行评估的积点。

成绩积点追踪表

	1/4学期		1/4学期		1/4学期		1/4学期	
	成绩分数	期中考试总排名	成绩分数	期末考试总排名	成绩分数	期中考试总排名	成绩分数	期末考试总排名
七年级								
八年级								
九年级								
十年级								
十一年级								
十二年级								

—— 学海撷思 ——

当我还是少年的时候，我开始住校，因为我发现了自己感兴趣的课外活动：音乐和戏剧。

——摩根·弗里曼 *Morgan Freeman*

美国著名演员，电影导演，解说员

3

第三部分

积极主动，
提高影响力与领导力

方法5 在联合课程活动中培养领袖气质

听

我们念初中时，确实强调学生要参加课外活动，然而，没听说过联合课程活动。这两者之间有何区别？

不久前，我们被邀请加入我们毕业院校一位教授的团队，对学生活动进行调研。我们的结论是课外活动是你在学习领域之外参加的活动，因为涉及享受与渴望。你可能想学商科，但你喜欢运动和唱歌，所以你试着参加网球队、加入市区合唱团。

联合课程活动与你的学术兴趣直接关联，是你想学习的一部分。比如，假设你正在学商科，加入商务俱乐部，这就是联合课程活动。

在你为将来做准备时，参加课外活动和联合课程活动，让自己全面发展，这很重要。

在我们看来，课外活动和联合课程活动能让你在幸福的若干关键领域获得宝贵的经历，包括朋友圈、精神面貌、身体健康。试着扩大活动范围，将日常和每周的例行事项也涵盖进去。

我们知道当你探索新的社团或社区活动时，许多扇门会为你开启。而且如果在舒适区之外，这甚至更好！绝不要因为某项事物是新的，你就害怕了，即使害怕，也不要让恐惧阻止你尝试。

给自己找时间、冥想并保持健康，参加各种类型的俱乐部、爱好和其他活动将让你突出并明确自己的独特之处。

拥有一份丰富多彩的简历，其中包括一系列的课外活动和联合课程活动，这是重要的，因为大学教授和工作单位的HR想看到你有丰富的背景经历，享受乐趣与建构经验可以同时进行。

出去寻找你感兴趣并且真心想学到的更多事情吧。如此你仍然构建着自己的经验，但事实上由于你乐在其中，这将促使你学到更多，而且你投入了时间，也能获得更多益处。

不过，不要只是报名，却没有投入珍贵的时间。不难看出截然相反的情况：某个学生报名参加所有的学生组织却可能一年参加一两次活动，某个学生坚持参加一到两个，却能保证每周都参加活动。如果你参加活动的动机不对，那么即使你在简历中写了这一项，却没有投入时间从中获得经验。

再者，作为一个积极的参与者将为你带来担任各种领导者的机会，大多数俱乐部或运动确实需要好的领导者来帮助他人也从事这些活动。

寻找这些机会，如果机会不存在，那么你自己来创造。

成为你喜欢做领导者，如果学校还没有相关组织，那么就成为创立者。你不仅将学到对你人生有帮助的技能，而且一些大学实际上会颁发“领导者奖学金”，因此如果你之后想申请这样的奖学金，你将有获胜的希望。

不要仅仅因为这是新事物而害怕，即使你感到害怕，也不要让它阻碍你前进。

学

我们念大学一年级时，有机会跟许多在中学时期参加过课外活动和联合课程活动的学生交流。其中一名学生叫布兰登，他是我们亲爱的朋友。大学里谁都认识布兰登，而且许多人知道他是位忠诚的朋友和极好的学生干部。

在初中和高中时期，布兰登参加学生政府、策划活动、经营俱乐部，而且他还有许多个人爱好。他有很多朋友，还得应对一个繁忙的社交行程。这些经验帮助布兰登申请到一所知名大学的奖学金，这项奖学金专门为高度社会性的学生设立。基本上是由于布兰登赢得奖学金，他的整个学士学位阶段都在做自己已经非常喜欢做的事——主动参加学校活动和事件，同时鼓励其他人也参加。

我们念大学期间很喜欢看布兰登做事，因为他对市场学、网页设计和销售这些方面的干劲和热情在课堂上日益增长，而他的社交和领导技能在课堂外通过他的奖学金和其他学生参与的团体得到发展。

关于布兰登最棒的一点是他并没有一获得奖学金就什么都不做了，他那么喜欢参与以至于保持繁忙和积极参与这门艺术在他整个大学期间都持续下来，甚至延伸到他的工作——大学招生员，他成了一位受人尊敬的成功专业人士，与他相处相当有趣。直至今天，布兰登还在寻找机会，在他的事业中发展自我。较早养成的习惯在一年年的成长中增强，让布兰登成为一个我们认识的最成功、精神状态最佳的人之一。

思

请根据自己需要的时间思考以下问题，然后在你的父母或班主任的帮助下，将你的答案填在书中提供的空白处。

你感兴趣的课外活动是什么？你对什么样的联合课程活动感兴趣？

____

____

____

____

____

你觉得做什么事情有趣？有没有一个与这样的事情相对应的俱乐部或团队你能够参加？

____

____

____

____

____

你有没有想过在大学学什么专业、以后从事什么事业？有没有俱乐部或团队支持这样的兴趣？

____

____

花时间跟父母或班主任谈一谈最诱惑你又浪费时间的活动，你会用什么取代这些活动?

例：这一页是供你参考的例子，然后在下一页填你自己的课外活动和课程联合活动行动清单。

课外活动

	描述	姓名/联系方式	会面时间
活动#1	校运动队成员	马修斯教练 手机：(×××)××× – ××××	每周一、周三以及周五下午三点到五点
活动#2	每周上钢琴课	洛丽 手机：(×××)××× – ××××	每周二下午六点半

课程联合活动

	描述	姓名/联系方式	会面时间
活动#1	训练成为一名女演员	约翰逊先生 mjohnson@email.edu	每周二和周四下午三点到四点
活动#2	辅导较难课程	金泽夫人 skinzer@email.edu	上学的任何时间或者预约

做

这个部分提供的模板要求你填写两项课外活动以及两项联合课程活动来描述你的兴趣，这些活动可以包括社团、爱好、专业组织等。花一些时间填写你当前参加的或者你想参加的活动，简短描述这些活动，填写负责人的姓名和联系方式，会面时间清单也写在你的每周日历上。

课外活动

	描述	姓名/联系方式	会面时间
活动#1			
活动#2			

课程联合活动

	描述	姓名/联系方式	聚会时间
活动#1			
活动#2			

—— 学海撷思 ——

人生最持久且迫切的问题是："你正在为他人做什么？"

——马丁·路德金 *Martin Luther King, Jr*

美国浸礼会牧师，活动分子，

人道主义者，非裔美国民权运动的领袖

方法6 热情帮助他人

听

几十年前，第二次世界大战期间的大屠杀，我们的英雄之一，维克多·弗兰克尔被囚禁并挨饿，他当时被关在集中营里。

你得知道弗兰克尔才华横溢，他在奥地利维也纳研究神经病学和精神病学，然而，这对他的俘虏者来说无关紧要，因为他是个犹太人。

弗兰克尔并没有由于自己受到不公平对待而沉浸于绝望之中，他将自己的观察写成一本书《活出生命的意义》，这本书改变了数百万人的命运。

当他在集中营的时候，就注意到有些人不仅存活下来，而且生命迹象旺盛。这些人拒绝因为他们可怕的处境失去自我与灵魂，他们仍然爱着他人，他们仍然为他人服务。他写下自己观察到的一切，纳粹发现他的笔记后，将笔记烧毁。于是弗兰克尔重新开始，书写我们所有人如何需要有意义的项目、服务他人以及与众不同，这样才能让人生变得更强大。

反思我们自己的经历，我们注意到服务他人从两方面发挥了重要作用：

- 首先，服务是他人为我们所做之事，如同我们的父母或班主任所做的。
- 其次，服务是理解真正领导力的关键成分，因此也是大学招生时想从你的背景看到的重要一部分。

允许我们进一步地谈论这两个点。

宇宙中有一个概念被称为“集体思考”，或叫作“因缘”“冥想”。不管你如何称呼这个概念，“想一些开心的事”“善有善报恶有恶报”以及“你所需求的将被给予”——这些想法具备力量。

我们持有这样的坚定信念，即你必须意识到他人为你做的服务并对他们表达感激，与此同时，寻找为你身边的人服务的途径，提前回报，运用你的才能并寻找帮助他人的方式。

我们的一位大学教授，也可以说是我们人生中最有影响力的导师之一是林恩。在林恩的某堂课上，布置的一项重要作业是：起草一份个人使命宣言。

如果你花时间完成一份个人使命宣言，这是真挚的自我反省、深度内省的活动，因为这种类型的宣言意味着一个宣言或一系列的宣言定义了你的人生使命。

一份使命宣言诠释了你想成为谁，你想做什么，你有什么样的价值观将帮你实现目标，它是你自己的个人格言。

比如，你个人使命宣言的一部分可能是这么写的：

• 我能够认识到身边的人的价值和个人才能，对他们友善并且尊重他们。

• 我的行动履行我的信念。

• 我没有叫他人改变来让自己开心，我寻求自己需要的改变。

当你成长，你的个人使命宣言将跟你一起成长。肖恩·柯维在他的书《杰出青少年的七个习惯》写道：

个人使命宣言就像一棵有深厚根基的树。它是稳固的，哪里都不去，但它也是活着的，继续成长着。如同一棵有深厚根基的树站立着，这有助你在人生所有的暴风雨中存活。你可能已经注意到，人生无常。想想这一点。人是易变的。你的男朋友前一分钟是爱你的，但下一分钟就甩了你。有一天你是某人最好的朋友，然后接着他们在你背后说你坏话……当与你有关的一切改变了，一份个人使命宣言将成为你那棵从未移动、有深厚根基的树。如果你有一个不会移动的树桩可以抓紧不放，你就能够应对改变。

在我们班上，我们通过讨论领导力的真正含义开始书写个人使命宣言。在我们的谈话中，许多学生说出了一位领导明显而真正的品质——有激发力、能力超群、矢志不渝，等等。但谈话很快就转向服务，这是作为领导者的一个明确成分。

当林恩开始分享他的个人使命宣言，我们感觉到其中的力量：诚挚、直接、无我。林恩的宣言念起来如下：

我的生存方式是帮助他人充分发挥他们的潜能。

多么好的一个关于服务与领导的宣言！如果你现在如此年轻就能够理解这个概念，那么就将真正拥有一个富有成就感的人生。

当你准备好申请大学时，就会看到申请过程几乎总是要求你完成一些论文。你服务的行动将变成很棒的大学论文，因为关于自己你学到了很多。

当我们完成申请时，原以为只需要列出与服务有关的事情，不管我们参与与否。

比如，我们的父亲接受了心脏移植，结果，他的故事被用于犹他州的各种营销战役，尤其当时犹他州小姐也正在倡导器官捐赠。我们能够参加一些活动，甚至有机会发表一次演说。我们能够写道：我们作为公共主旨发言人倡导器官捐赠，但重要的是诚实。说你在某个活动中帮过忙还是说你作为倡导器官捐赠的公共演说者，这两者之间是有很大区别的。

如果你想支持某项事业，诸如这个例子中的器官捐赠，那么就去参与吧。成为你所在学校运动和筹款者的领袖，以真挚的渴望为某一类型的人、群体或事业服务是最大动机。

就像课外活动和联合课程活动，享受去做。服务将给你带来人生中最令人愉悦的经历，而且重要的是你正在改善自己的生活经历。

大学招生代表明白真正服务的意义。时间的投入与助人为乐的激情将让你的简历发光，所以确保你专注于这些领域，而不仅仅是你曾经帮忙的一些活动。如果你寻找并加入组织的服务机会时需要帮助，让你的父母或班主任指导你。

学

我们想告诉你关于大卫——我们叔叔的故事。他是一位医生，人生就走在服务这条路上。当大卫读初中和高中时，人很友善，总是第一个帮助朋友、家人和任何需要帮助的人。

十九岁时，大卫决定从他有规律的家庭、学校生活中稍作休息，当一个人道主义志愿者两年。这两年他在菲律宾帮助他人，作为一名志愿者，他没有手机，没有接触网络甚至电视。

当大卫从菲律宾回来，他决定继续他的教育，为医学校准备。他很想考入美国空军部队资助的军医学校，大卫非常认真学习，成了紧急医疗的医生，同时也成为空军部队的上尉，他还养家。

大卫是一个非常棒的例子，他作为志愿者、军队成员、医生、家人为他人服务，每天他都在拯救生命。由于他给予服务，大卫的人生很幸福。

如果我们每个人都追随大卫的步伐，你能够想象我们的世界将会变成什么样吗?

大卫设定目标的方式很聪明——利用在军队服役的益处让自己读完书。当你将他人的需求放在自己面前时，不要低估什么样的收获将走进你的人生。

思

请根据自己需要的时间思考以下问题，然后在你的父母或班主任的帮助下，将你的答案填在书中提供的空白处。

有没有哪些人或者群体你想为之服务?

你想加入什么社团或组织并开始服务他人？

你如何将服务作为优先之事？

花时间和父母或班主任讨论什么样的活动让你不能够服务他人？你该如何处理？

做

这个部分提供的模板要求你填写你自己的个人使命宣言，对你所写的要认真对待。我们鼓励你将宣言放在自己每天都能读到并反思的地方。

我的个人使命宣言

写下你自己的使命宣言并放在你每天都能读到的地方。

—— 学海撷思 ——

成功的代价是努力工作、致力于手头的工作以及这样的决心——不管输赢，我们将以自己的最佳状态完成手头的任务。

——文斯·隆巴尔迪 *Vince Lombardi*
美国足球选手、教练以及总管

方法7　模拟考场增强心理素质

听

“每个故事都有两面。”我们发现大学入学考试就是这样的情形。

大多数学生认为自己考试真的很差劲。大家会产生这样的想法是因为我们承受压力时凭记忆背诵东西，作为人类的我们会紧张和焦虑。考试可能会误导，因为有些人真的知道答案，但他们的神经占上风。

故事的另外一面是考试是展示知识的一个很好的方式。通过恰当的准备与学习，你可以成为考试能手。一个学生的成绩可能表明完成家庭作业以及不断努力学习的能力，但一次考试真正显示学生在某一时刻掌握的全部知识。

我们可以反复讨论这个议题，但事实是你得知道如何度过考试这一关，因为它不仅影响你的成绩，还影响你选择的学校类型，以及能拿到多少奖学金。

当时机恰当，让自己为这场关键的考试努力学习。

没错，是你对自己的承诺。可能除了你自己，没人知道，也许还有你父母或班主任知道，但这是最重要的承诺，史蒂芬·柯维称这些个人承诺为“个人的胜利”。如果你对自己许下承诺并坚持，这是一种胜利。你正在发展个人的正直，你正在学会让自己成为一个可以一如既往并实现个人目标的人，你正为美好的未来做准备。

为高考做准备包括安排时间学习并提前准备，从而给自己制造紧迫感。

学校将帮助你，有许多学习辅助设施帮助你，要充分利用手头上的资源！你的学校有免费借阅的资源。利用这些资源！你也可以用免费的网上资源，你的父母或班主任能够帮助你使用先前提供的网站。事实上，你现在就可以模拟考试、回答问题，如此就可以看到自己薄弱的地方，然后通过学习让这些薄弱的领域变强。

安排时间复习高考非常重要，如果你某个晚上没有家庭作业，利用这段时间准备考试。

学习对你的课堂也有帮助，事实上，如果制定策略，那么你可以将自己在课堂上所学的与考试的内容融会贯通。

比如，如果你在几何课上学习寻找各种形状的面积，那么你可以猜定高考数学部分会涵盖这部分。

如同先前提及，确保给自己一个最后期限做模拟考试训练及实际确定考试的时间。选择一个日期作为最后期限，然后报名参加，将考试日期写在日历上。做好充分准备，有备无患。

你应该至少在高三之前，参加三次模拟考试。实践出真知。比如你想学唱歌，你不会是在上台表演时才第一次唱这首歌，对吧？参加考试也是一项必须经过练习的天赋。

学

好的，那么这一次是波的故事。我想在该书的这部分引用波的例子是因为他在ACT考试（美国大学入学考试）中所做的事情。

波和我都知道我们想去犹他州立大学念书，距离家足够远，锻炼独立能力，如果我们需要回家开车也能回。我们都爱网球，曾经在犹他州立大学队打过网球。那是一次奇妙的经历，但还不够资助我们四年的学费。为了付学费，我们查了其他类型的奖学金，发现一个校内领导者项目跟我们的才能相符，而且是全奖；然而，波没有ACT成绩，所以不足以申请这个奖学金。

我从未忘记波所做的一切。他是那么下定决心获取这份全额奖学金，因此他将自己锁起来，一气儿学了好多周。他报名参加那一年的每一次ACT考试，此外，他在犹他州的校园也参加了几场考试，因为对方给未来的学生提供了考试机会，条件是考出来的成绩只能用于申请犹他州立大学，这对波来说是可行的。波总共考了九次！他最后终于达成他的目标，而且他的奖学金覆盖了四年的学杂费。我们对这种奖学金项目的感激无法用言语表达，因为它是我们通往高等教育的途径。

也许你会有所共鸣，如果是这样的话，追随波的例子，考取你需要的分数。

思

请根据自己需要的时间思考以下问题，然后在你的父母或班主任的帮助下，将你的答案填在书中提供的空白处。

你需要多高的分数考取理想的大学或报考理想的专业?

你准备怎么安排时间复习高考?

在大学入学考试中是什么妨碍你考到年级前10%？什么阻碍了你?

你的父母或班主任将怎样帮助你准备高考？你可以向谁学习考试的经验?

例：这一页是供你参考的例子，然后在下一页填你自己的大学入学考试行动单。

大学入学考试

	模拟考试 1		模拟考试2		模拟考试3		模拟考试4	
	月份	分数	月份	分数	月份	分数	月份	分数
九年级	六月	652	九月	632	二月	599	三月	617
十年级	七月	698	十月	654	四月	637	四月	627
十一年级	七月	631	九月	697	三月	615	三月	674
十二年级	六月	612	七月	635	八月	623	九月	646

做

高考考试都需要模拟训练，如同弹奏乐器或运动。以下图表让你能够追踪自己的模拟考试情况。我们的建议是在你进入高中高年级之前至少参加三次正式的考试，每一次正式考试之前至少做三次模拟考试训练。如果你进入高年级阶段，对自己的分数不满意，那么可以根据你的水平不断练习、学习和提高，直到成绩上升。

大学入学考试

	模拟考试 1		模拟考试2		模拟考试3		模拟考试4	
	月份	分数	月份	分数	月份	分数	月份	分数
九年级								
十年级								
十一年级								
十二年级								

学海撷思

知识的唯一来源是经验。

——阿尔伯特·爱恩斯坦 *Albert Einstein*

德国理论物理学家

方法8　参加实习与工作，学会团队合作

听

在亚伯拉罕·林肯还相当年轻的时候，他尝试过一些不同的职业。他的父亲是农民，但显然他不想子承父业，他就是不喜欢务农。

所以他试着当一名邮递员，他还当过土地测量员。有一段时间他担任州立法委员，他甚至还是一家商店的合伙人。

当林肯在商店工作的时候，一位顾客试着卖给他一只桶。林肯真的不需要另外一只桶，但他人很好，所以就买了下来。过后他将桶里的东西倒了出来，发现桶的底部有一系列法律类的书。林肯是这家商店的老板，店铺所在地区大约有十五间小屋这样的人口，他手头有很多时间。所以他读了这些书，他仔细阅读，然后他发现了

自己人生中的一个新方向。

选择一个职业并不容易。就像林肯，在找到适合自己的路之前，你可能冒险尝试了若干道路。重要的是有一个目标——不仅仅是有一天你将被聘用，而且要有一份你将乐在其中的工作。

这个关于实习和工作经历的谈话是智力玩具中非常重要的一块。想要落实一个很棒的事业，你必须有工作和实习的经验，这样的经验将会帮你打开正确的门，遇见正确的人。

现在你可能觉得自己的机会是有限的。从许多方面来看，你的感觉是对的。首先，你还没有到工作的年龄。法律可能要求你念完高中，甚至你不能在就学期间的晚上去工作，而且，你还没到开车的年龄，所以你的机会可能仅限于离家不远的场所。

但不要不理我们，现在你还是有很多能够做的事。

- 在学校四处打听，他们可能有某个你可以做工作见习的项目。
- 你的学校可能把你介绍给某位已经从事你梦想事业的人。
- 你可以花一些时间到某个工作场所看看，这样你就能够见识工作的一天是什么样的，这将增强你的渴望或者也许让你走上另外一条路。

这是非常宝贵的机会。我们有一位年少的朋友，现在是高中高年级学生。几年前如果你问他长大后想成为什么，他会自信地回答："医生！"他很聪明。真的，真的聪明，而且聪明的孩子不都想当医生吗？

我们的朋友去一个社区保健项目实习，猜猜他发现了什么？他一见到血就晕过去了，甚至都不是自己的血。没错，是时候找一个适合自己的方向了。

所以四处看看，要清楚从事一份工作与作为实习生的区别。

工作的话，你按劳取酬，而且通常是你得继续做这份工作，除非你离职或被开除。另外，实习如同工作经历，有设定的时间段，比如三个月、六个月或任何达成约定的时间。实习可能有酬劳或没有酬劳，这取决于公司的安排。

老实说，很少有实习付酬劳。一方面，你做了所有的工作却没有任何酬劳，这很不好。但另一方面，人们更愿意雇佣实习生就是因为他们是自由的！而且到了寻找一份有酬劳的工作时，你自己的简历上就有工作经历了。一份没有酬劳的实习可能从短期来看对你的银行账户没什么帮助，但从长远的角度来说你将发现是绝对值得的。

选择一项事业并不容易。

就像美国前总统林肯，找到适合的道路之前，会走过好几条不同的道路。

如果通过学校找的实习，你可能没能拿到酬劳，但是通过这次谈话我们能够帮你理解的最有价值的一课是：自愿做一份没有酬劳的实习可能是最有策略性及最值得的事情之一，它将给你机会弄明白自己喜欢什么以及擅长什么。这个经历肯定对你的简历有益，而且你很有希望遇到已经从事你梦想工作的人。你可以问他们是怎么做到的，你可以向他们咨询建议，不要将你自己局限在有酬劳的机会或者“官方”的实习。

比如，你想将来有一天成为美术设计师，但你还没有文凭可以落实设计师这样的工作，因为你还在学习。你可以走到街上，去邻近的商店或公司找一份别的工作，这并不难；但如果你走进自己所在城镇的最佳设计公司，作为志愿者加入他们的团队，这会怎样呢?每次我们这样尝试几乎都能奏效，因为没有消极面——公司得到免费的助手，你将获得具体的职业经历。而且，你还发展了人际关系，赢得将来大学录取和找工作时需要的推荐人及推荐信，这是个双赢的情境。

你将如何开始这个过程呢?

• 第一步是获得实习和工作经历。确保你约了时间，带一份准备好的简历，看起来像一位专业人士那样赴约。因为你年轻、乐意投入你的时间，这并不意味着你不用给对方留下好印象——你将做重要的项目；而且很多时候，一份没有酬劳的实习，如果做得好的话，可以变成一份有酬劳的实习或者甚至是一份工作。

• 如果由于对方的行程没能进行面谈，那么写一封专业的电子邮件是很妥当的。邮件得写得简单扼要，附上你的简历以及对公司的赞赏，毕竟，你为这些成功感到震撼；如果不是这样，你也不会想去那里工作，对吧？

• 做调研，如此你就能够巧妙地谈论公司，你对他们的工作感兴趣反过来会让他们对你有兴趣。

• 表达你的请求时要真诚，并且要讨论你对公司的成功有哪些贡献。

• 请求电话跟进或面谈来讨论进一步的机会，这是我们自己投简历时的经验，效果很好。

我们除了从事固定工作之外还有很多志愿者实习经历。我们记得在商业、医院以及律师事务所跟随专业人士工作，与此同时，我们当网球指导员、篮球裁判、救生员、服务员等挣了一点钱。

所有这些工作教会你一些事情。我们学会珍惜和合作，教他人新的技能以及服务他人。记住，如同我们先前在这本书提及的，确保你记录所有这些实习和付酬工作的经历。

如果实习和工作经历影响你的学业，就应当缩减。你的主业是学习，实习经历很棒而且是必须的，但不能以你的成绩为代价。

确保你在找实习及工作经历的时候，总能利用可以获得的服务。

可以从家人和朋友这边开始。而且，你的学校和社区有很多服务可以给大家——尤其是年轻人，提供很好的机会。

在所有的场合，外表及行动皆像专业人士，这很重要。许多公司将在网上看你的资料，如果你还没有在网上发布信息，那么我们建议你这么做。把自己当成那个正在招聘的人，看看关于自己你能发现什么。

你有没有在网上发现自己任何显得不专业的照片呢？

你向他人书面和口头介绍自己的方式如何？

当你申请工作时，基本上是将自己公开出去，让别人注意你，人们会看到你的名字，查阅你的资料，现今做这样的事情很容易。他们会向其他人问你的情况，所以做一个友善的人，在网上和面谈都保持职业风范很重要。

学

萨姆是我们的表哥，自从我们记事起，甚至在中学之前，他常想到挣钱的主意，这一切都是从我们的“好哥们儿”行动开始。不管是常规的庭院活儿，还是帮某人洗船，我们做了各种活儿。这样的工作理念一直追随萨姆整个初中和高中，他做了许多工作来养活自己，比如收拾桌子、制作三明治、在日托中心照看小孩。他也在两家洗车坊工作，而且还在一家助听器公司工作。

至于实习，萨姆特别想到一个职业运动团队工作，具体而言是犹他州爵士篮球队。萨姆在他的一生中都是爵士迷，而且有一天他终于赢得到这个团队工作的机会。萨姆和家人刚刚搬进一个新的社区，街道上的一位邻居在爵士机构工作。萨姆坦言自己渴望到这个团队工作，而且言谈也很专业，他甚至自告奋勇跟随他的邻居去见习。他们的关系发展成友谊，而且萨姆跟这个团队和整个机构的管理层有了许多有意义的经历。

高中毕业之后，萨姆收到许多关于将来工作和实习的推荐信，都是他当志愿者所在的团队成员帮忙写的。萨姆决定继续接受高等教育，为了他事业的发展，他正在修学士学位，他想成为一名律师。

除了学习，萨姆也做兼职的工作和实习。毫无疑问毕业时萨姆能获取他的文凭，还有大量的实习和工作经历，并开始一个美妙的事业。

思

请根据自己需要的时间思考以下问题，然后在你的父母或班主任的帮助下，将你的答案填在书中提供的空白处。

对你而言，理想的职业是什么样的?

____

____

你想拥有什么样的实习和工作经历？你认识能够给你提供一份工作或实习的人吗？

你一周有多少小时可以工作或专心实习？

你有家庭、朋友以及邻居可以帮你找到一份工作或实习吗？

例：这一页是供你参考的例子，然后在下一页填你自己的实习和工作经历行动单。

简历模板

教育	犹他州，里弗顿，里弗顿高中；成绩积点3.9
职业经历	1. 暑假期间帮助叔叔教网球。 2. 从2010到2014在一些周末为家族产业工作。 3. 从2013年十二月到六月，在邻居思文迪的日托中心当实习生。
领导与服务	运动团队的领头人——九年级。 在宠物庇护所当志愿者——每周一次，社区服务。
名誉与奖励	足球队进步最快的选手，钢琴独奏会第二名。
专业机构	国家名誉协会——从七年级到九年级，成绩积点3.75。
推荐人	思文迪，教堂管事，英语老师……

做

当你获得更多经历并寻找未来的工作机会，你应该一直清楚能够填入自己简历的事项。当你从事各种实习、见习以及工作，你应该在类似于我们提供的模板上写下这些经历。我们将模板分成几个部分，这样能够让你思考一份好的简历所需的一切。这是一份演变的文件，所以应当不断更新。

简历模板

教育	
职业经历	
领导与服务	
名誉与奖励	
专业机构	
推荐人	

学海撷思

我妈妈一天打六个小时的网球，获得网球奖学金去念大学，因为这是她得以念大学的途径。因此他们（我的父母）向我灌输这样的想法：你得为你人生中想要的东西努力工作，并且绝不抱怨。

——达科塔·范尼 Dakota Fanning

美国著名女演员

4

第四部分

不断进步，成为卓越学生要有过人之处

方法9　培养财商和理财意识

听

除非你就是那位我们刚刚在电视节目《创智赢家》看到的青少年，不然我们知道你身无分文，真的一文不名。

大家都需要资产管理，它适用于不想为钱发愁的人。

关键是建构一个预算，即使你身上只有祖母给你的25美元也要做预算。我们喜欢引用约翰·C. 麦克斯韦尔的话："预算告诉你钱花到哪里去，而不是想着钱都到哪里去了。"

去年生日奶奶给你的这25美元，你想过它都花在哪里了吗？为何这么快就花完了？即使你年长一岁，这种情境也没有改变。这种情境不会因为你有了工作、挣更多钱而改变，它只会令损失变得更糟。

如果你现在就发展自己的金钱管理技能，就有望为自己的未来消除很多跟金钱有关的压力，这些压力常常折磨成年人。

只要我们能够帮你理解关于金钱的三条原则，它们是：

- 花的钱不要多于你挣的钱。
- 确保存一些钱作为积蓄。
- 乐意给予。

我们知道许多人发现“信封系统”的预算方式管用，在信封系统预算之下，你留存的信封反映了你的需求：

- 存储的钱
- 在衣服和娱乐上面花的钱
- 捐赠的钱

你可以跟你的父母或班主任讨论预算，决定放进每个信封的钱，以什么样的比例存放合适。

当你在申请贷款时，这笔钱似乎成了专属资金，因为申请完成之后这笔钱就会转给你。

信封这个方式的美妙之处在于钱一旦花了就没了。信封的方法教你购物时小心，减少负债花销的机会及对信用卡的依赖。但如果你准备好进入另一个层面，找个时间开一个储蓄存款账户及活期账户，而且找机会对你的社区或世界范围内更值得的事业投入资金。

如同我们先前在书中谈及，你应该寻找机会成为一位志愿者实习生；然而，你可能更需要一份工作或其他一些方式挣点钱，尤其是当你年纪更大一些时。

大多数学生的家庭在初中和高中期间的情况如此，包括你自己的家庭。我们的猜测是你父母或班主任没有额外的钱给你，即使他们有，他们也不应该给你，因为你必须学会如何挣钱。

即使你在经济上遇到了困难，通过努力工作和智慧地管理金钱，你也可以想方设法回到轨道上。因此，不管你如何投入时间挣钱，管理好你的钱并且规划你的未来，这一点很重要。

不管你高中毕业后决定通过什么途径接受教育（大学、商业学校、军队、证书项目等等）都得花钱……很多钱。你可能已经知道，你有三种选择来付学费：

- 奖学金
- 现金
- 贷款

这本书的主要目的之一是在你年纪尚小之际和你做必要的谈话，如此奖学金将成为你现实的目标之一。

每个人对学生贷款都有自己的看法，所以我们能够做的是分享我们的看法，从某种程度上来说，学生贷款是值得的。在贷款之前，你必须首先彻底尝试若干途径，这些途径是：

- 奖学金
- 家庭支持
- 工作
- 军队服务
- 补助金

如果你的家庭没法帮助你，你没有足够的奖学金来覆盖所有的费用（学杂费、生活费等等），你没有足够的工作时间来挣这些费用，军队不适合你，或者你没有资格获取补助金，那么你当然得贷款。你如果仔细完成学业，毫无疑问你可以找到一份好工作，你投入工作之后就能够还贷。

然而，你得决定花多少钱支付大学教育是值得的。如果你毕业时，负债很高，这可能会限制你日后生活中的机会。由于你的学生贷款，很可能会被限制于考虑什么样的工作付给你多少钱，而不是自己能够如何享受这份工作。而且，如果你考虑大学毕业后继续修更高的位，你可能想限制本科学历负的债。

如果你努力学习得以考入一所知名大学，那么借一笔容易掌控的款是值得的投资。你可能现在感到自己资格不够，但我们跟你谈论这个话题是因为如此你就能够早点知道自己的潜能，进而实现它。

我们俩在我们的人生中已经证实了这个理论。我们决定上社区大学课程，然后考入公立大学完成我们的学士学位，因为，从财力上来说，这是明智的。

后来我们知道自己有潜能，就跟你一样，可以考虑甚至考取一个知名的大学。现在你必须知道：如果打算朝着这样的目标前进是因为你想得到认可，那么就没有理解我们的意思。我们的意思是让你能够促进自己，由于自己的努力得到奖励。如果你认真念初中和高中，最后获得我们谈论的文凭，那么，你也将有更多的机会，这是你不应该怯于追求的东西。

最后我们想谈的是你可能时常需要做出牺牲。我们被身边的例子所激励：当其他人有笔记本电脑，我们的许多朋友使用的是图书馆电脑。当其他人有自己的小汽车，许多人使用公共交通工具。当有些朋友外出吃饭时，其他人在学校食堂就餐或回家吃午饭。

这些简单、日常的牺牲将大有帮助——不仅对你的钱包而言，也为你将来成为什么类型的人有所帮助。当你填贷款申请时，钱几乎如同垄断金钱——几乎是不真实的，因为只有贷款申请完成之后钱才会出现。魔法！让我们确切地告诉你还贷可不是靠魔法。

学

布莱克跟我分享了一个故事，所以我想和你分享这个故事。

我从未见过比布莱克和他妻子斯塔奇这两人更努力用信封存钱方法的人，尤其是斯塔奇更是将信封方法提升到一个新的水平。

我记得有一次拜访他们，看到一个有颜色编码、整齐贴着标签、手风琴形状的文件夹放在他们厨房的柜台上，我问斯塔奇："这是什么？"她回答说："我们的信封方法。"

我感到吃惊。我们先前解释过，信封存钱方法是指一个用来管理我们需求的技巧。布莱克和斯塔奇基本上取了他们一个月需要花费的钱，而且只使用这一部分的钱，这让他们一直勤俭节约，逼自己为未来攒钱。

还有一个原因让我喜欢引用布莱克和斯塔奇作为这个谈话的一个例子，他们总共获得了四个学士学位：一个护士学位、硕士学位以及一个即将获得的博士学位。

很疯狂对吧？

这甚至还不是最酷的部分。四个学士学位都是奖学金付的学费，护士和硕士学位是通过奖学金和研究生助教奖学金付了50%的学费，即将获得的博士学位是全额奖学金，因为布莱克在这所大学工作。

即使他们念书时取得经济上的资助，布莱克和斯塔奇仍然做兼职。

他们总是一起查每一所机构确保自己能快乐念书并付得起学

费，在一起维持家庭方面，他们是一个非常优秀的例子。

你可以说，布莱克和斯塔奇热爱教育并为此努力。

思

请根据自己需要的时间思考以下问题，然后在你的父母或班主任的帮助下，将你的答案填在书中提供的空白处。

钱对你而言有多重要？你能展望自己未来幸福的一天是什么样的生活方式吗？这将花费多少钱？

你今天能够设定什么样的预算体系？

当你挣更多钱的时候，你将如何变动预算?

____

____

____

____

____

就经济上成功而言，你敬仰谁? 关于金钱管理，你能够从这个人身上学到什么?

____

____

____

____

____

例：这一页是供你参考的例子，然后在下一页填你自己的金钱管理和奖学金行动单。

个人月收入结算单

收　入	
数量	描述
40美元	津贴
10美元	网球课
5美元	零钱
60美元	礼物
总共：115美元	

花　销	
数量	描述
2.25美元	零食
8美元	电影
5.25美元	快餐
35.96美元	新的音乐
63.54美元	积蓄
总共：115美元	

做

例行惯例追踪你挣的钱（收入）以及你花的钱（花销）将让你更好地评估你当前和未来的财经状况，可以在你这样的年纪养成管理财务的习惯，这将为你未来的几年提供财经上的益处。

个人月收入结算单

收　入	
数量	描述
总共：	

花　销	
数量	描述
总共：	

—— 学海撷思 ——

如果你什么都不敢做，那么当一天结束，你将一无所获。

——尼尔 · 盖曼 *Neil Gaiman*

英语作家，写短篇小说、小说、连环漫画册和漫画小说，为音频剧场及电影编剧

方法10　变得自律要掌握两个关键点

听

考什么都是一个令人生畏的过程，但不管要考什么，你都可以遵循一些原则。

高考这个过程看起来可怕吗？

不要担心，我们能够帮助你。

你得关注以下两件事：

- 清楚最后期限。
- 在整个准备过程中始终努力。

先做重要的事情：你可以早点开始。管它呢，你可以从中学就开始这个过程！在你读中学时开始写下你的课外学习和自己复习的小时数，如此当到了考大学时，你就不会忘记这些经历。为何不邀请你的家人或朋友开始参观附近的大学呢？一旦你做了这些事情，那么就能够设定目标参观你所在地或外地你感兴趣的学校了，不然还有什么办法得以知道它们是否适合你？当你参观不同学校时，思考一个好的“合适的机构”是什么样子的。这个不是我们编造的，关于这个主题，盖普洛民意测试和普度大学编汇了一个报告。它们的发现得出结论：如果学生在一所高等学府发现以下几点，他们更容易考取：

- 目标
- 经济状况
- 学习项目经费
- 社区
- 身体健康

如果你亲自出面，认识你所感兴趣的项目的人，到了你申请项目时，你就有优势，这比单纯在网上提交申请更有价值。名字与面孔对应起来，给对方留下第一印象非常强有力；如果你这件事做得妥当，就会获得优势。

要记住一句重要的话："准备是永远不够的。"你的选择会为你打开新世界的大门。

通过参观校园，你将能够缩小选择项的范围，这是早点起步的好处。当到了为高中高年级准备时，你将知道自己要考多少分。

高中高年级学生犯的最大错误之一是认为他们有一整年的时间复习，大多数大学在你高年级才开始复习，但是这样已经来不及了。

当你缩小选择范围，花时间跟你的父母或班主任谈谈，对自己现在所处的水平有一个大概的了解，并且找到薄弱环节，对你的成绩现实一些，但对你的选择项持有兴奋与希望。

在大多数情况下需要各省的考试题需要同样的准备，甚至（如果有要求的话）需要考的知识点也很相似，因此可以去有意寻找别的省市的考题来做。既然你明白了高考过程的时机和期望，我们现在得谈论你要学习的内容。另外要记住的一个关键短语是"准备为上策"。

尽管这话老套，但在准备的过程中，努力是最好的策略。高考出题老师能在考场中测出你的真实水平，许多情况下，考场还会考你的心理素质，我们在你年龄尚小之际和你做这个谈话，主要目的在于让你有所准备，知道高等学府寻找的是什么样的学生，并鼓励你诚实地为这些品质奋斗。

他们寻找：

- 好成绩
- 可靠的考试分数
- 强大的心理素质
- 对自己负责的态度

他们也寻找持有目标、知道领导他人意味着什么的学生——所有这些我们在这本书中都讨论过。因此在你的申请中保持诚实，展示你所做的，让自己脱颖而出。

如果你做了所有这些事情，你肯定是独特的，因为大多数学生在申请的时候没有这些点可以为之骄傲。

而且，基于你成长的方式或者你与生俱来的特征，你可以有不同的经历，告诉他们你的这些经历。当你对自己诚实、在准备上用心，你会得到很多。

最后，多认识一些成绩优秀的前辈，向他们请教考试经验，这绝不会有坏处。你不时会遇见一些愿意帮助你并分享经验的人，尽管这是最棒的情形，现实也不总是如此，所以你应该请你的导师和其他关键人物（老师、教务主任等）支持你。

这是人际网的一部分。许多人用人际网这个词来形容遇见人的过程，这个过程可以简单如获取某人的联系信息或深化至毕生的友谊。对我们而言，人际网是指关系的构建。当然，有一些关系将比其他关系更加深刻；尽管如此，一个关系比一次性的接触更宝贵。

在准备的过程中，你的人际网将带来益处。认识你三年的老师帮你进行补习、提点，这是关系深化的好例子。可以通过以下几点将这样的联系构建成关系：

- 发电子邮件说明你的兴趣
- 亲自拜访，请教关于高考、大学生活、实习经验等建议

确保在你高中高年级之前就开始建立这样的联系！

学

贾斯敏是我们的一个朋友，她在考大学的过程中得到班主任很好的指导。她住在宾夕法尼亚州，读八年级的时候开始寻找大学。一开始是和她父母参观附近的社区大学，之后她越来越渴望了解更多其他的学校，而且贾斯敏的父母不管什么时候去另外一个州，他们都会在一些知名大学停下并参观或者至少进去转一转。她的家人也爱足球，所以贾斯敏会了解来镇上比赛的团队，这样就能找到更多关于他们学校的信息。

到了申请大学的时候，贾斯敏申请了十五所不同的学校。整个申请过程花了一个月，但她最后收到七所知名大学的录取通知书。她的申请突出了她对教育的激情以及投入，她在若干教学协会、社

团以及当地小学当过助教及志愿者。她的成绩积点很高，加上她的考试分数之后，因为有奖学金，就不用付学费了。关于奖学金的申请，贾斯敏请和她一起共事的几位老师帮她写推荐信，这些老师在推荐信中能够写出她的技能及潜力。当她准备好提交所有材料的时候，她亲自前去递交材料，而且由于她参观了校园并发过电子邮件，所以也被记住了。贾斯敏是一个很好的例子：如何应对大学入学和奖学金的申请过程。

思

请根据自己需要的时间思考以下问题，然后在你的父母或班主任的帮助下，将你的答案填在书中提供的空白处。

高中毕业后你想去哪所大学?

为了将来找大学就读，你现在需要开始做什么样的调研？

你现在的水平适合考取哪些学校？怎样做才能进步得更快？和你的父母或班主任一起列个清单，按你的喜好排序。

例：这一页是供你参考的例子，然后在下一页填你自己的大学准备行动清单。

大学申请准备表

机构	地点	录取和奖学金申请的最后期限	录取的总体要求	联系方式	花费
内华达拉斯维加斯大学 unlv.edu	拉斯维加斯，内华达	录取：7月1日 奖学金：2月1日	累加成绩积点最低3.0 ACT成绩22分或更高分数	(xxx)xxx–xxxx	申请费60美元 全日制、非本州居民学杂费7147美元
南方州立大学 dixie.edu	圣·乔治，犹他	录取：8月1日 奖学金：3月1日	不要求最低成绩积点或考试成绩 学生平均成绩积点3.2，ACT成绩20	(xxx)xxx–xxxx	申请费35美元 全日制、本州居民学杂费2145美元
斯坦福大学 stanford.edu	斯坦福，加利福尼亚	录取：1月2日 奖学金：1月2日	75%被录取的学生成绩积点4.0 87%被录取的学生ACT成绩在30到36之间	(xxx)xxx–xxxx	申请费90美元 全日制、非本州居民学杂费14373美元
加州大学，洛杉矶分校 ucla.edu	洛杉矶，加利福尼亚	录取：11月30日 奖学金：5月1日	累加成绩积点平均3.93 ACT成绩平均29	(xxx)xxx–xxxx	申请费70美元 全日制、非本州居民学杂费2962美元
南方犹他大学 suu.edu	锡达市，犹他	录取：4月1日 奖学金：12月1日	必须有90分以上的指数评分（具体细节见网站）	(xxx)xxx–xxxx	申请费50美元 全日制、本州居民学杂费2962美元

做

当你开始调研自己感兴趣的各类学院、大学和教育机构时，花时间记录你的调研结果。基于什么对你而言是最重要的，诸如地点、住宿费和奖学金机会——收集这些信息，这将帮你缩小选择项的范围，请访问相关网站。

大学申请准备表

学校	地点	录取分数线	热门专业	联系方式	花费

—— 学海撷思 ——

幸运眷顾有准备的人。

——路易斯 · 巴斯德博士　*Dr. Louis Pasteur*

法国化学家、微生物学家，由于接种疫苗、

微生物发酵以及巴斯德氏杀菌法而出名

方法11　充分准备面试的11个建议，为大学做准备

听

不管是为了实习、奖学金或工作，面试令人生畏而又必须。面试技能是可以培养的，通过训练你将做得更好。

有两种类型的面试。我们想到的典型面试是一个高压情境，面试者正试着说服一个人或一群人为一份工作做好准备，不管处于什么紧急关头都能应对。对于这种类型的面试，我们提供一些基本建议：

⇨ **建议一：提前对要面试的机构进行全面调研**。花时间看机构网站，上面讨论了什么？他们是做什么的？他们为谁服务？

⇨ **建议二：着装得体且职业**。即使公司着装的标准宽松，穿得更职业总会更好。

⇨ **建议三：确保有备而来。**带着一个记事本和一支笔记下可能在谈话中提及的任何重要信息，这也表明你是感兴趣的而且有所准备。

⇨ **建议四：自信且怡然自得。**微笑！机构想聘用的员工是自信、友善、开心的，而且他们能够设想今后与你很好共事的样子。

⇨ **建议五：称呼面试官的名字。**你得在面试之前就知道面试官的名字，因为接待员会问你和谁会面！因此提早知道面试官的名字。而且，如果是电话面试，提前问是否还有别的面试官一起主持面试，这样你就能多做准备。

⇨ **建议六：避免回答问题时长篇大论。**简洁扼要——大声地训练一下，但也不要太短了！尽可能不要漫谈式地回答问题。

⇨ **建议七：提前思考并选出你的一些成就和经历，这样如果被问到你能够讨论起来。**

⇨ **建议八：每个面试的结尾通常会问这个问题："你有没有什么问题要问我们？"准备好一两个问题，**否则，你会给人感觉对他们和他们的公司不感兴趣。

⇨ **建议九：表达对他人的认可，恰当地感谢那些对你面试过程有所帮助的人——父母或班主任、行政助理、面试官等等。**你可能想寄一张感谢卡给那个面试你的人，卡片在互联网时代有点过时，但大家还是非常欣赏的。

为了更好地参加面试，你可能需要更多一些信息，这些建议并没有涵盖你需要知道的一切要点。有人写了整本书讨论这个话题，尽管如此，我们觉得在你年纪尚小之际理解一些基本要点是有必要的。记住，你所在的学校和社区有专业人士可以帮你准备一场面试。

充满自信，享受整个过程。

别忘了微笑！

每个机构都想要自信、善良、快乐的人，想到可以跟这样的人共事，会让人觉得愉快。

另外一种类型的面试是你找到某一个人，你想跟他会面，了解他/她从事的工作，或者咨询可能从事某项工作或实习的机会。比如，如果你想有一天在一家律师事务所工作，那么了解一位律师都做些什么并在当地的事务所联系一位律师，这一点很重要。你可以上网站做这件事，四处打听或直接给一家公司打电话。这个过程可能有些吓人，但几乎我们认识的每位专业人士都乐意帮助年轻的学生。

在这个过程中，恰当地将自己介绍给专业人士，表达你学习的渴望。不要跟人家约了二十分钟的谈话却只是在那里等着看事态的进展，确保感激对方给你时间。

这些类型的面试被称为信息式面试，我们推荐你频繁地做。可以跟商人、你向往的大学的校友、家人、邻居等进行这样的面试。当你想跟他们谈论他们的成就、学习他们的经验，大多数人会感到荣幸，因为你真挚地尊重他们从事的工作，这让他们感到自己的价值。

学

我们想告诉你关于路易斯的故事。由于某项奖学金，布莱克面试过他一次。当路易斯来参加面试时，人们早就认识他了，因为他在网上和一些学生互动过，对项目展示了真正的兴趣。

这种互动建立了一个稳固的第一印象，除此之外，当布莱克收到路易斯的简历，他能看出简历写得很详细、很好。

路易斯面试的时候面带微笑，穿了一件西装，开始自我介绍。当路易斯坐下时，看起来并不紧张。他在面试中很投入，从他坐的坐姿以及认真听问题的样子，布莱克可以看到这点。

每个问题他都做过准备，给出简短、直接的回答，自信地强调了自己的经历及能力。路易斯不怯于展示幽默感，举止大方且形象自然。

当被问到一个特别难的问题，路易斯问布莱克是否可以一会儿再回答。然后他拿出一个文件夹，翻了翻笔记，给出一个考虑周详的答案。当布莱克问路易斯是否有问题，他问了准备好的问题，这便看出他对奖学金项目有所调研。面试过之后，路易斯显然表现出是奖学金的合适候选人。

思

请根据自己需要的时间思考以下问题，然后在父母或班主任的帮助下，将答案填在书中提供的空白处。

有哪两种面试形式?

____

____

____

____

____

你可以在什么时候、跟谁模拟工作面试?

____

____

____

____

____

你的父母或班主任如何帮助你模拟面试？

____

____

____

____

____

例：这一页是供你参考的例子，然后在下一页填你自己的面试行动单。

面试准备

工作描述	• 实习生——里弗顿社区戏剧院 • 雇一名兼职实习生在夏天帮忙拍《绿野寻踪》和《浅粉色之龙》
面试官的名字	• 罗莎·米勒，导演 • 大卫·奥德乐，舞台监督
调研	• 里弗顿社区戏剧院去年上演《奥利弗》和《歌剧魅影》 • 罗莎·米勒当导演有三年之久 • 大卫·奥德乐是今年新来的

要求（基本信息和爱好）	• 基本信息——放学后就有自由时间，多数训练和拍摄都有空参加。 • 爱好——在戏剧、音乐和舞蹈方面的背景和兴趣。
与要求相符的强项	• 基本信息——暑假都有空，每个拍摄日都有空；拥有很棒的策划技能。 • 爱好——学校戏剧社的成员，上钢琴课，而且可以向身边的很多人推销。
如果被问及要说的弱点	• 我还年轻，经验不足，但我有渴望与潜力至少能够为此贡献几年。
相关的经历	• 我演过两场学校戏剧，其中一场我是主角；我是戏剧俱乐部成员，而且在学校上戏剧课；谈及我在没有麦克风的情况下唱歌的时刻或我忘了台词，即兴发挥，别人却看不出来的情境。
问委员会的问题	• 一位实习生能够做的让自己变得有价值的头三件事是什么？ • 关于演绎事业，他们将如何帮助实习生学到更多？
感谢的人	• 罗莎——面试官 • 大卫——面试官 • 迈克——助理

做

当你开始进行信息式面试和职业面试的时候，提前准备是很不错的。你可以在一场面试之前先填以下部分，让这些笔记帮助你有效地回答面试的问题。确保感谢你的面试官和任何帮助你安排面试的人。

面试准备

工作描述	
面试官的名字	
调研	
要求（基本信息和爱好）	
与要求相符的强项	
如果被问及要说的弱点	
相关的经历	
问委员会的问题	
感谢的人	

—— 学海撷思 ——

我们不能代替人们做任何事，我们只能帮助他们自己发现。

——伽利略　*Galileo Galilei*

意大利天文学家、物理学家、

数学家、工程师以及哲学家

方法12　分享成功的经验

听

我们已经到了最后一个部分，在我们看来，是最重要的一个方法。我们在整本书中常常提及分享你的经验并继续回馈是成功必要的组成部分。前面十一个方法的设计，是为了增强你的渴望，进而相应地行动起来走向学业成功。

除非你将这本书中读到的内容应用到自己的人生中去，不然一点益处都没有。就像你一生中可能常听到的：左耳进右耳出。如果你想践行，就得分享。

如何做到这一点呢？分享你的经验。

史蒂芬·柯维博士称为“三人行教学法”，他说：

你能做的重要事情之一是和他人分享这些想法：和你的家人、你的朋友以及同事。不要复述你所学到的，而是谈及你获得的见识以及你想施行的想法。因为那才是真正的学习。就在教导与分享中……什么对你奏效、什么对你不管用——分享你对这些的认识……设定目标提升具体的领域……重温你对自己许下的承诺。

一旦你觉得自己在某一个谈话中达到一定水平的成功，分享你所学的，帮助你周围的人。

我们知道你有许多机会帮助他人开发潜能，不要忽视这些机会，善行以及花时间指导别人对你大有帮助。

让我们谈谈那些帮助你、让你如今有所成的人吧！实现学业成功需要他人的帮助，而且当你接受帮助时，你对这些帮助的认可是重要的。

说谢谢！手写一封感谢信。绝不要低估感谢信的力量！听起来像是一个简单的行动，虽然确实简单，但这对那些收到感谢信的人来说，意义重大。

比如说，你准备一个科学实验项目时，你姑姑帮助了你。我们非常确定她不会收你费用，因为她爱你而且想帮助你。这很完美，因为，作为一个学生，你没有钱偿付这样的帮助，你所需要的做的是手写一封感谢信，她将因此感到自己的价值并欣赏你的善意。

写感谢信的时候，要具体且深思熟虑。邮寄信件或者亲手把信递交给接收人，正是因为人们没有期待这样的认可，所以才使得这样的举止非常值得。

我们知道你很忙，因此我们将给你提供一个小建议。为这样的机会准备好一些感谢卡和邮票，将它们备好放在抽屉里。否则，你会忘记。相信我们，我们知道的。

另外一种回馈的形式是：当他人帮助你时，通过送某种礼物，对他/她的付出表示认可。注意一些提示，仔细考虑送什么礼物合适。比如，如果你的老师给你写一封推荐信，你碰巧知道他喜欢钓鱼，那么可能一份跟钓鱼有关的礼物会恰当地表达你的感激。送简单、周到的礼物，价格在你能够接受的范围内。人们没有期待收到礼物，所以你送任何东西都是一种惊喜。

你也可以公开感谢那些帮助你的人。我们非常自信你有强大的社交媒体技能，使用这些社交媒体！在脸书、推特、图片分享或者任何账户——我们年纪太大了不知道还有什么新媒体，表达你的感激。

最后，花时间跟某人在一起，倾听是一种强有力的回馈。遵循这本书每个谈话的步骤——听、学、思、做。回馈也意味着分享你在某种经历中的感受与所学，最后的学业成功不是指你个人实现成功。当你激励并帮助另外一个人实现他或她的潜能，这时你才达成最后的学业成功，而且当你反思自己通往学业成功之路，这时与人分享最有效。

学

在这个原则中，我们不打算举例，即某人分享他/她的经历并回馈。我们想做个小实验，谁给你这本书？实话实说……我们知道你不太可能自己跑出去买这本书。写一封感谢信给这个人，看看你俩的关系将发生什么。你不会为这么做而后悔的，不是我们让你读一个故事，而是你把自己的故事写下来。

思

请根据自己需要的时间思考以下问题，然后在你的父母或班主任的帮助下，将你的答案填在书中提供的空白处。

你怎么看待自己对他人的认可?

____

____

____

____

____

你当前本该对某人表达谢意却没有这么做，这个人是谁?

____

____

你将把这一谈话的内容教给谁？你想跟那个人分享什么？

跟你的父母或班主任谈论学业成功对你意味着什么。

做

对于那些在你通往学业成功的旅程中帮助过你的人，永远对他们的付出表示认可，并力争寻找机会帮助他人。如何向那些帮助过你的人表达感激，详细记下方式（写一封短信、送一份礼物、打一通电话、上门拜访等等），然后践行这些想法。此外，投入时间指导他人（教导、建议、自愿效劳、提供服务等等）。

分享你的经验

姓名	与你的关系	联系信息	行动	备注

结　语

勤奋是通往成功的捷径

谢谢你花时间读这本书。当我们将这十二个方法展示给其他中学生和父母或班主任时，看到他们兴奋不已，我们感到很满足，先前那里没有的一盏灯点亮了。我们相信你也对学业成功兴奋不已，而且渴望实现这样的成功。我们理解你可能为此感到有点不知所措，然而，这些感觉是自然的，比你现在不为高等教育做准备、之后将产生的感觉要好得多，不要放弃！

为了将整本书讨论的所有内容组织起来，我们设计了一个“学生导向”，列出你从每个谈话中学到的要点。将你的导向作为进度检查表，我们也加入了一个范例供你参考。

不要放弃，继续尝试。我们知道你可以做成奇妙之事，而且当——而不是如果，你做成了，谢谢一路上帮助你的人们。

关于作者

布莱克和波·耐梅尔卡在犹他州长大，他们毕业于那里的南山中学和里弗顿高中。他们一起到犹他州立大学继续他们的教育，在那里他们被选为学生大使，并为大学网球队打球。兄弟俩在他们接受教育的过程中，每人都用了两年的时间提供人道主义服务。布莱克在秘鲁的利马当志愿者，而波在墨西哥的美利达当志愿者。

回来之后，布莱克和波继续在犹他州立大学完成他们的学业，而且是已故的史蒂芬·柯维博士的实习生。他们都被选为亨茨曼学者，并从乔恩·M. 亨茨曼商学院作为优秀生毕业。布莱克后来就读范德堡大学，毕业时获得教育管理的硕士学位，波就读耶鲁大学，毕业时获得卫生保健管理硕士学位。布莱克和波都有幸福的家庭和小孩，而且在他们的个人以及职业生涯中继续热爱教育。